文芸社セレクション

わたしの鉄道、
行き交う機関車、はたらく人々

好郷 えき

KOZATO Eki

文芸社

あの嵐の日、行楽客と遠足の子ども達を客車に乗せて、ふもとの駅まで走ったわたし。そのわたしの後ろ、次に連結されたのは、長い長い貨物列車だった。

「僕らの仕事は待たされたり、文句を言われたりの毎日だけれど、人と人とがつながることの役に立てる。人の希望になれる仕事なんだ。」

かつて、わたしの機関士が言った言葉。

貨車の積み荷は、遠く離れて暮らす誰かへの手紙かもしれない。記念日をお祝いするために特別に用意した贈り物かもしれない。新しく増える家族のために新調した車。修理屋から持ち主の元へと戻されるヴィンテージ・クラリネット。憧れの人とお揃いにしたくて取り寄せた香水。巷で流行しているという疫病の特効薬。恋愛成就のお守りとして話題のペンダント。学校の校庭に植えられる予定の、今はまだ小さな苗木——

たとえ連結するのが貨物列車でも、走る路線(ルート)が自分の支線でないとしても、わたしがすべきことは変わらない。けれど、機関室で操縦桿を握るのが彼であることだけは今までと同じで、正直なところ、よかった。だって、わたしにとって、彼は……。

もくじ

DIESEL
OIL

I　機関車のぼうけん

夜の闇には希望を吸い取る力があるのかもしれない。でも、だからこそ、そこで消えない光は、人の心を強く照らすものとなる。

夜行の貨物列車を引く仕事をするようになって、早、一ヶ月。初めの頃はうまくいかないことばかりで、わたしの心はすっかり萎えてしまっていた。

――おんぼろだけれど、どこか居心地のいい機関庫。ブレーキに難のある貨車とは対照的に、いつも大人しく、わたしの後ろを付いてきてくれた客車達。今頃、あの支線はどうなっているだろう。まぁ、少なくとも、列車の運行自体は恙(つつが)なく行なわれていることと思う。あの支線で何か問題が起こっているなんて噂、全然、聞かないもの。……もう、あの支線にわたしが戻る場所はないのかもしれない。これからもずっと、この仕事のままだったら、どうしよう。ハリスだって、そのうち、嫌気が差して、いなくなってしまうかもしれない。もし、そうなったら、わたしに話しかけてくれる人はもういない。誰からも労わられることなく、機械が壊れて働けなくなるまで、ずっと、独り――

まだ起こってもいない嫌な想像が、わたしの鉄色の思考回路を蝕んでいく。しかし、当然のこと、仕事は待ってなどくれない。時刻表に記されたその刻限が来れば、人間の操作を頼りに動くこの鉄の塊は、たくさんの貨車が連なる列の先頭に括り付けられ、否が応にも、闇夜の中へと引きずり出されるのだ。

ポォーーーッ！

ところがこうして、車輪を動かし、本線の長くまっすぐに延びる線路の上を走っていると、不思議と、心にかかっていた靄が薄れていくように感じられた。

「よし、あと一駅だ。頑張ろう。」

彼の運転のもと、仕事を一つ片付けるごとに、まだなんとかなるんじゃないか、と気持ちが持ち直してくる。絶望しかないと思っていた行く末に、青信号が灯り始めた。慣れてしまえば、この仕事も案外、悪くないように思えてくる。旅客列車を引いているときほど時間には厳しくないし、乗客にあれやこれやと文句を言われることもない。何より、あの口やかましい駅長と顔を合わせなくていいというのは、わたし達にとって、精神衛生上、素晴らしい効用をもたらすものになるとわかった。

ポーッ！　ポーッ！

夜間に線路の点検をする保線係の作業員達とは、もうすっかり顔なじみだ。汽笛を鳴らして、そばを通ると、ツルハシやシャベルを持った彼らも手を振って、それに応える。

「おはようございまーす。」

わたしが最後の貨車を引いて、駅に戻ってくる頃には、たいてい、夜が白々と明け始めている。作業員達が仕事を終えたばかりのレールは、表面の凹凸がきれいに削られ、朝日の反射する様子からもそのなめらかさが窺える。

ウーシューーッ！

ガラス製のドーム屋根で覆われた駅の中はまだ薄暗い。わたしが最後の一息を吐き、停車すると、助手が連結を外すため、ランタンを手に、線路へと降りていった。

ここは本線の中央駅。わたしが現在、間借りしている機関庫も、この駅の構内にある。もうまもなくすれば、そこから機関車達がやって来て、大勢の人々を乗せた列車の前につくと、各々、目的の駅を目指して、走り出す。

ゴロゴロゴロ――

荷物を積んだ手押し車がプラットホームの上を転がっていく音。主に貨物の積み降ろしに利用される六番線の反対側、〝I〟と刻まれた表示が下がるホームには、すでに始発列車の客車が並んでおり、荷物係の男達が忙しそうに走り回っている。切符片手に改札を通る人々の姿も次第に増え始め、何も映っていなかった客車の窓が人影で埋まっていく。

バタン！　バタン！

扉が閉められ、あとは列車を引く機関車が来れば、万事オーケーだ――

ところが、いつまで経っても、肝心のその機関車が一台も現れない。もう発車まであまり時間がないというのに……。

トン、トン、トン――

動力車だけが不在の列車に意識を奪われていたわたし。その横から靴音を響かせ、機関士の彼が姿を現す。ホームの先端までやって来て、辺りを見回す彼は、わたしとはまた違う理由で、この状況に違和感を覚えていたらしく……。

「おかしいな。信号が全然、切り替わらない。何かあったのかな？」

わたしの方に視線を向け、同意を求めるようにそう呟く。

確かに、いつもは貨車を切り離せば、何分も経たないうちに、操車場へと通じる線路にポイントが切り替えられ、進めの合図が出る。しかし、今日は未だにそのポイントが切り替えられた様子はなく、目の前の信号も赤のまだ。助手や車掌も集まってきて、しばし、信号機と彼らとのにらめっこが続く。やがて、一同が苛々を募らせ始めてきた頃……。

「機関車監督官がお呼びです。」

一人の駅員がこちらに駆けてきて、ハリスの前に立つと、ややしゃちほこばった口調でこう言った。

「それと、機関車の方は火を落とさずに、いつでも走り出せる状態にしておくように、と

のことです。」

機関車監督官は、列車の運行や鉄道員の仕事に目を配るのが仕事であり、ときには直接、指示を出すこともある。つまり、それだけの権限を持つ、偉い人というわけだ。その上役からの突然の呼び出しに、ハリスよりも年の若い助手の男性はなんとも怪訝な表情を浮かべる。

「やっぱり、何かあったんですかね？」

「そのようですねぇ。とりあえず、自分は監督官のところに行ってきますので、水と燃料の補給をお願いします。」

一方の機関士は努めて落ち着き払った様子で、助手にそう言うと、監督官の待つオフィスへと、駅員の後に続いて向かっていった。

ジョボボボボ――

一晩がかりで本線の始発駅と終着駅とを往復し、ほとんど空っぽになりかけていたわたしの炭水車の水槽に、蒸気の素となる水が注がれる。ディーゼル機関車が台頭しつつある昨今の鉄道情勢下においても、未だ、多くの蒸気機関車が活躍しているこの駅の給水塔は、ポンプが最新式なので、支線にあるものに比べて、水の出が強い。程なくして、炭水車の水槽はいっぱいになった。そこへ、タイミングよく、機関士の彼が戻ってくる。

「何か、トラブルですか？」

炭水車の上から慌ただしく降りてきた助手のその質問に対し、彼は軽く点頭した。

「入れ換え作業中の事故で、貨車の何輛かが操車場内で脱線したそうです。しかも、それが機関庫からの通り道を塞いでしまっていて、機関車が出てこられないとのことで。今、復旧作業をしていますが、時間がないので、とりあえず、動ける機関車を集めて、列車を出すことになりました。この機関車にも列車を引くようにと。すぐに出発できるよう、もう一度、かまの火をつくっておいてください。」

シュー−ッ！　シュー−ッ！

ボイラーが熱くなり、安全弁がカタカタと震える。

困ったものだ。こういう臨時の仕事を頼まれると、何故だか、わくわくしてしまう自分がいる。夜通し、貨物列車を引いて、車輪はすっかりくたくただというのに……。これも、人の役に立つことを使命としてつくられた機関車の性（さが）なのだろうか。

しかし、助手の姿が機関室の中へと消え、その場に残されたもう一人の乗務員がおもむろにこちらを向いたとき、目にしたその表情はどこか浮かない様子で――

「君に仕事を任せておいて、言うのは心苦しいのだけれど……。これから行く、その仕事には、僕は同行できない。」

彼の口から出た言葉に、わたしは一瞬、耳を疑った。けれど、彼のその面持ちを見るに、それが冗談でもなければ、彼にとっても本意でないことはすぐにわかった。

「僕ら乗務員には続けて何時間以上、機関車に乗ってはいけないという決まりがあるんだ。昨日の夕方からさっきまで君を運転していた僕がこのまま乗ると、その時間を超えてしまう。だから、今度の旅では、別の機関士が君に乗ることになる。」

……。

「でも、心配しないで。助手は君も顔を知っているはずのベテランの人だし、機関士にもちゃんと、君のことを伝えておくから。」

……。

「こんなことしかできなくて、ごめん。」

その口重そうに語る彼の声にも、申し訳ないという気持ちが表れている。

……ううん、大丈夫だよ、気にしなくて。だって、本当は、あなた自身が一番悔しいの、わたしは知っているから。

再び、安全弁がカタカタと震え出した。助手が火床を整えたことで、かまの火が大きくなり、蒸気圧が上がってきたからだろうか。

シューッ！　シューッ！

まもなく、代わりの機関士と助手がやって来て、わたしに乗り込んだ。ハリスの言っていた通り、助手の男性はわたしにも見覚えのある人物だった。わたしには決まった助手がいないため、毎日、違う人が乗ってくるわけだが、その中でも、今日のこの人は、わたしもハリスも信頼を置く熟練の老機関助手。そうそう、遠足の子ども達を送り届けたあの日も、この機関室に立っていたのは、彼だった。

ポーッ！　ポーッ！

火の具合は上々。わたしは線路に砂を落としながら、一番線に並ぶ客車の列へとバックしていった。すでに発車時刻を過ぎていたため、連結をつなぐや否や、すぐに車掌の笛が鳴り響き、列車の最後尾で若葉色の旗が振られる。

「出発進行！」

列車というものは走り出す瞬間に、最も力が要る。だから、貨物列車を引くときは、重たい貨車を一輌ずつ引き出せるよう、連結に遊びを持たせる。しかし、旅客列車の場合は連結を緩めておくと、客車が揺れて、お客さんの乗り心地が悪くなってしまうため、その場合は、機関車と客車とを、および客車同士をつなぐ連結をぴんと張った状態で締める。だが、その分、走り出すときには列車全体の重みが一遍にのしかかってくるわけで……。

およそ一ヶ月、毎日、貨物列車を引っぱっていたわたしはそのことをすっかり忘れており、走り出した瞬間、連結器を引きちぎらんばかりのその重さに思わず、悲鳴をあげてしまいそうになった。

しかし……。

〝大丈夫。落ち着いて〟

どこかで、あの彼がそう励ましてくれているような気がした。本人は、ここにはいないというのに……。記憶で合成した彼の笑顔が瞼の裏に浮かぶ。

ポーッ！　ポーッ！

お日さまの出ている時間に表を走るというのも、ずいぶんと久しぶりのことだ。目に映る木の葉は黄色に染まり、車体をすり抜ける風も冷たく感じる。季節はいつの間にか、夏から秋へと変わっていた。線路の両側に広がる畑でも収穫作業が行なわれており、黄金色の穂が刈り取られては、代わりに茶色の土がその領域を広げていく。

――ウーシューッ！

「グルー駅！　グルー駅、到着です！　ホライヘッド方面へお越しの方は、こちらでお乗り換えくださーい！」

バタン！　バタン！

「オール・アボード！　まもなく、発車いたしまーす！」

ピリピリピリッ！

「青信号確認！　オックス・トンネル通過！」

ポーッ！　ポーッ！

走り出しこそ危うかったものの、その後は万事、順調に進んでいた。ここ一ヶ月、駅ごとに止まっては貨車を切り離すという仕事をしていたおかげだろう。本線に点在する駅と駅との間隔も、ブレーキをかけ始めるタイミングも、全て、車輪が覚えていたのだ。

「急行列車の通過待ちをいたします！　しばらくお待ちくださーい！」

もっとも、ホームの上に人集りができるこの光景は、このところ目にしてきたそれとは対照的なものだったが――

ポッ！　ポォーーーッ！

長い汽笛が聞こえ、隣の線路を急行列車が走り抜けていく。列車を引いているのは、

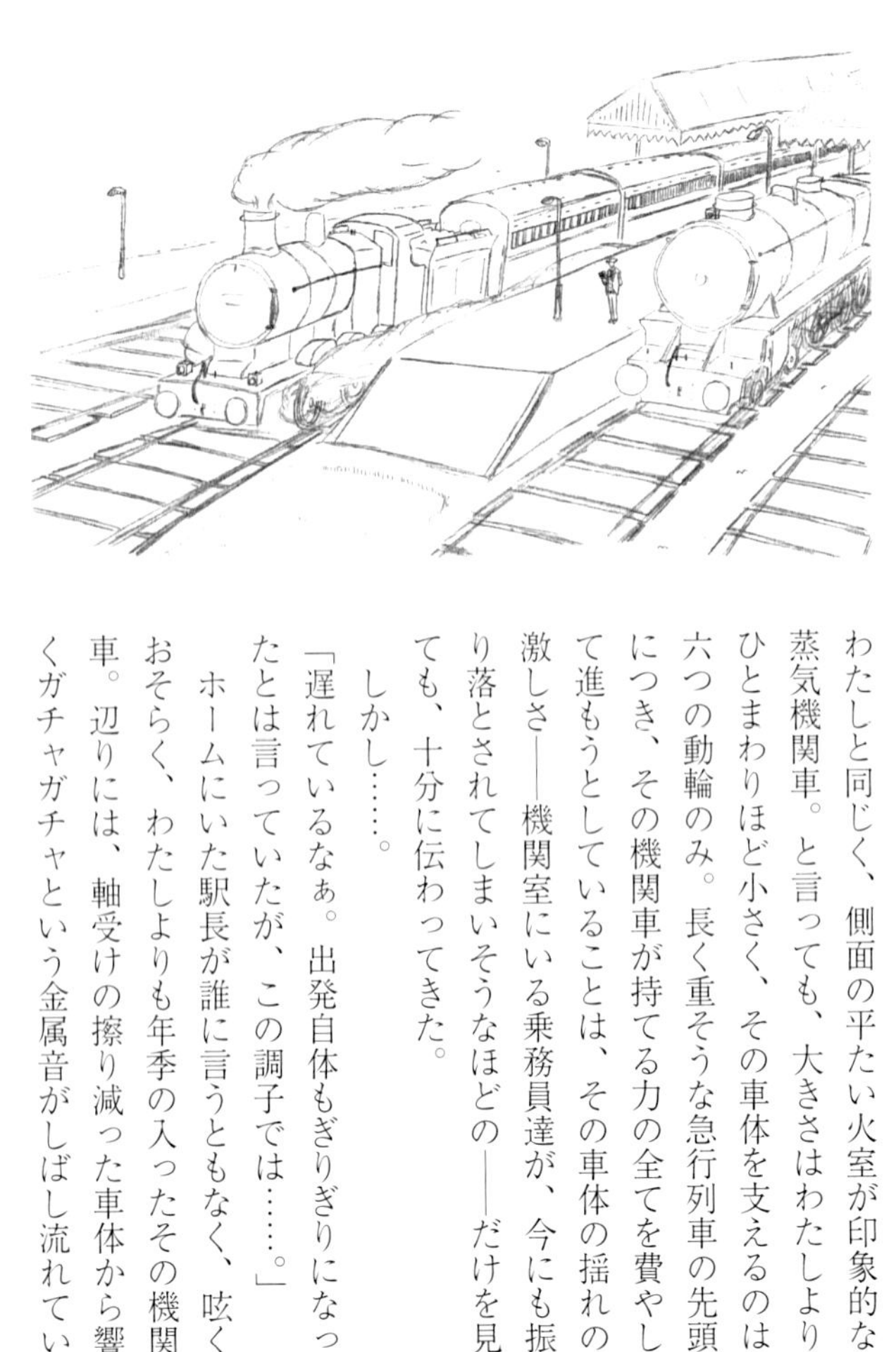

わたしと同じく、側面の平たい火室が印象的な蒸気機関車。と言っても、大きさはわたしよりひとまわりほど小さく、その車体を支えるのは六つの動輪のみ。長く重そうな急行列車の先頭につき、その機関車が持てる力の全てを費やして進もうとしていることは、その車体の揺れの激しさ――機関室にいる乗務員達が、今にも振り落とされてしまいそうなほどの――だけを見ても、十分に伝わってきた。

しかし……。

「遅れているなぁ。出発自体もぎりぎりになったとは言っていたが、この調子では……。」

ホームにいた駅長が誰に言うともなく、呟く。

おそらく、わたしよりも年季の入ったその機関車。辺りには、軸受けの擦り減った車体から響くガチャガチャという金属音がしばし流れていた。

「お待たせいたしました。まもなく、発車いたしまーす！」

ポーッ！　ポーッ！

その後、わたしの引く鈍行列車は、二つの駅での停車を経て、終点の駅にたどり着いた。隣のホームには、先ほど目にした急行の客車が止まっている。まだ、乗客数人と、ポーターの手で降ろされた荷物がホームに残っているところを見ると、列車が到着したのは、ほんの数分前といったところだろうか……。

機関車の牽引力は、何を置いても、まずは火室の大きさで決まる。火室とは、ボイラーの水を沸かすために、石炭をくべ、それを燃やすところ。普段、〝かま〟と呼んでいるところのことだ。そのかまが大きければ、火力も強くなり、機関車の出力も上がるわけだが、同じタイプの火室で、わたしより大きさが劣るとあれば、失礼ながら、その牽引力も自ずと想像がつく。結果はどうやら、あの駅長が危惧していた通りになってしまったようだ――

などと考えながら、操車場を進んでいくと、わたしの行く手には、ちょうど、その機関車が止まっていた。そばでは、煤まみれの服に身を包んだ青年と、立派なひげを蓄えた男性が話をしている。クラシカルなヴァン・ダイクスタイルのそのひげの持ち主は確か、この駅の駅長だ。

「——今度は絶対、時間通りに到着してみせます。次の急行もこの機関車に引かせてください。」

「だめだ。これほど遅れてしまうようでは、とても任せられん。」

　給水のために進入してきた機関車(わたし)になど、目もくれない。線路上に立つその二人の男性は、言い争いの真っ最中だった。その会話を聞くに、煤まみれの服の彼は、停車中のその機関車の機関士らしい。年齢(とし)は、ハリスよりもいくぶん、若いくらいだろうか。

「そもそも、君の機関車は急行を引いて走るようには、つくられていないだろう。」

「で、ですが——」

なかなか引き下がる気配のない青年機関士に、

駅長は早くも辟易した様子。すると、その目の前の若者から逃げるように逸らした上役の視線が突如、わたしを捉えた。口角を上げ、不意に浮かべたそのひげ面の笑顔に、わたしはなんとも嫌な予感はしたのだが……。

「そうだ、あれだ。あの機関車と一緒なら、急行を任せてもいいだろう。」

「えっ？　あれ・と・、ですか……。」

今度は、駅長ではなく、機関士の彼の方が不満そうな表情を露わにした。

そんな厭そうな顔を見せられてまで、わたしだって、急行列車の前につながれたくはないのだけれど――

しかし……。

「では、こちらが先頭を走るので、お先にどうぞ。」

その数分後、わたしはまもなく発車時刻を迎える急行列車の前に連結されていたのだった。

ポーッ！　ポーッ！

しかも、その目の前を、あのいけ好かない青年機関士の運転する機関車に挟まれた状態で。

Ⅱ　重連

「火力をうんと強くっ！　次の列車は遅らすわけにはいかないいんだっ！」

　わたしの視界からは、前に連なる機関車の運転台がよく見えた。重連——二台以上の機関車が連なって、一つの列車を引くこと——で急行列車を運ぶことになっても、目の前の機関室に立つ青年はその焦る気持ちを払拭できないらしく、隣で石炭をくべる助手を終始、急き立てていた。

　シューッ！　シューッ！

　おかげで、発車時刻を迎える頃には、その※パイロット機の煙突からは煙がモウモウと立ち昇り、そのボイラーも心做しか膨らんで見えた。

※パイロット機　重連の際、先頭を走る機関車のこと。

カチリ！

ホームに下がる時計の針がまた一度（ひとたび）動き、もうまもなく、文字盤の〝Ⅶ〟とぴったり重なろうとしている。それを見て、笛をくわえる車掌。わたしに乗る機関士も、シリンダーへ蒸気を送る加減弁のハンドルに、手を伸ばす。

「ゆっくりでいいぞ。数ノッチずつ。一度に進め過ぎると、空転するからな。」

ハリスの代わりに乗る機関士の彼もまた、機関士としての経歴はさほど長くはなさそうな若者であった。緊張からだろうか、ハンドルを握ったその手を震わす彼に、老機関助手からの助言が送られる。

ピリピリピリッ！

「出発進行！」

ところが、車掌の笛が鳴るが早いか、もう一人の青年機関士が躊躇いなく、ハンドルをぐいっと引っぱった。たちまち、前を行く機関車はつんのめり、わたしとその機関車とをつなぐ連結器がぴんと張り詰める。本日二度目の悲鳴をあげてしまいそうなところをぐっと押し殺し、わたしも彼らに続いて、車輪を前へと進めた。重くて長い客車の列がガタゴトと動き出し、列車は無事、駅を後にする。

ポッ！　ポッ！　ポォーーーッ！

高速走行を示す長い汽笛を高らかに鳴らすパイロット機。あいかわらず力任せに突っ走る彼らに引っぱられつつ、列車は丘のところまでやって来た。以前にも臨時で急行列車を引いたことがあるが、そのときは本線一の急勾配を誇るこの丘を越えるのに、ずいぶんと苦労させられたものだ――

ウーシューーッ！

しかし、今日は思いの外、楽に進むことができている。わたしはふと、誰かと列車を引くというのも悪いものではないのかもしれないな、などと考え始めていた。もっとも、目の前を走るもう一台の機関車のその煙突から煙と共に、真っ赤な火の粉が噴き上がってくることには、とても心穏やかではいられなかったが……。

「彼は、僕の同期なんです。」

丘を乗り越え、ゆるやかな下り坂に入ったとき、わたしに乗る機関士が、前を行く機関車の運転台でハンドルを握る彼を指して、こう言った。

「彼は、人への配慮に欠けるところはありますが、根は悪い奴じゃないんです。ただ、とにかく、一途過ぎるところがあって。機関士を目指していた仲間の中でも、情熱だけは人一倍あったんですが、実際に機関士になれたのは、他よりだいぶ、遅れてのことでしたし。」

「……。」

「それでも、ようやく機関士になれて、あの機関車を任されて。最初のうちこそ、貨物列車しか引かせてもらえないって不満ばかり言っていましたが、最近じゃ、すっかり、あの機関車を気に入っていたようでした。この前もほら、どこかの支線でバスに代わって、遠足の子ども達を送り届けた機関車の話が新聞に載ったじゃありませんか。あれを見て、自分達が同じ状況にいれば、きっと、もっといい仕事ができたはずだって言うくらいで。」

「……。」

「だから、きっと、今日も急行を引くなんて大役を任されて、張り切っていたと思うんです。あれでもう少し結果が伴えば、悪目立ちしなくて済むんですけどね……。」

わたしのハンドルを握る青年機関士はそこで一

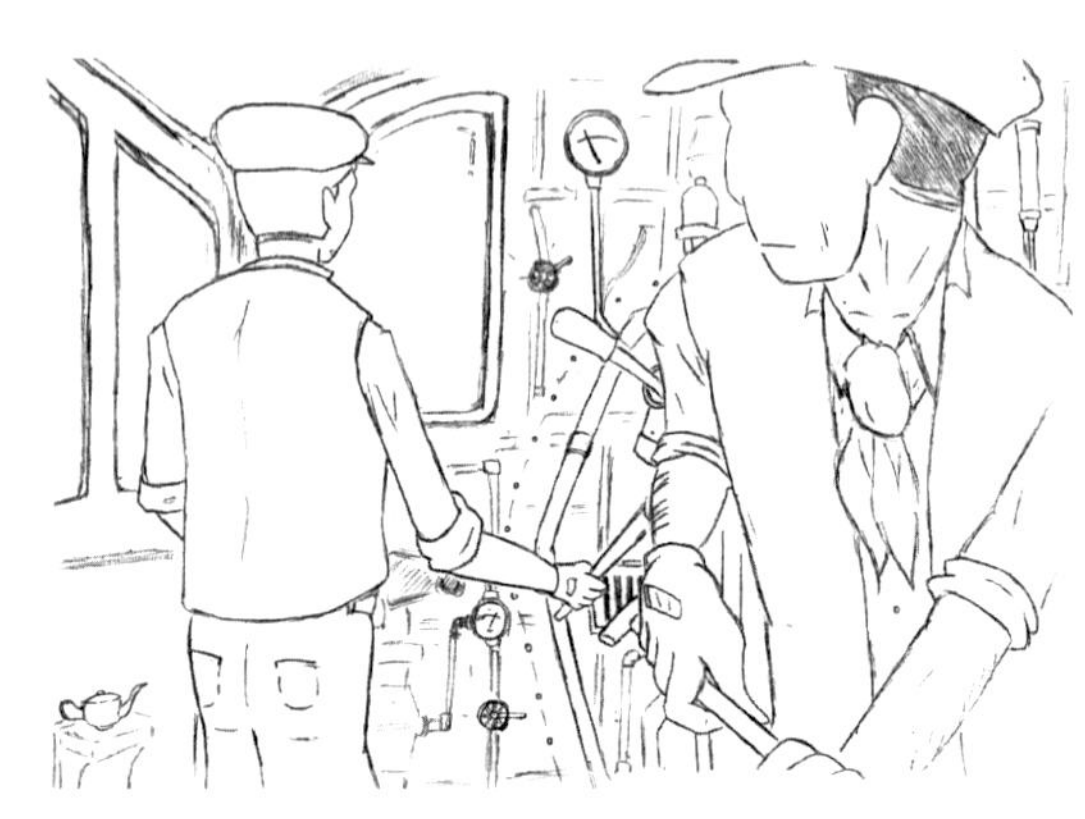

頻り思いの丈を話し尽くしたのか、それからしばらくはじっと黙ったまま、機関室の窓から炭水車越しに見えるもう一人の機関士の後頭部へと視線を送っていた。一方、老年の助手はそんな機関士の話に対し、一言だけ、

「なるほど。」

と相槌を打つと、彼の方へ一瞥を与え、すぐにまた、石炭の山を掘り返し始めたのだった。

シュ－ッ！　シュ－ッ！

わたしは、わたしの機関士がハリスでよかったと思っている。そのこと自体が間違いだとは思わないし、今後もそう思うことはまずないだろう。

しかし、わたしという機関車だけがパートナーに恵まれているのだと思い為すのは早計だったのかもしれない。機関士に愛されている機関車はどうやら、わたしの他にもいるようだから――

ポォ－－－ッ！

やがて、列車は広々とした田園地帯にさしかかった。丘を乗り越え、あとは平坦な線路を進むのみ。速度も安定しているし、不安要素の多かったこの旅もここまで来れば大丈夫――と、わたしが胸を撫で下ろしたそのとき……。

バシッ！　ギィーッ！　ウーシューーーッ！

いきなり、前を走る機関車から衝撃音がしたかと思うと、あっという間に、そのかまのてっぺんから溢れ出す真っ白な蒸気に包まれ、前が見えなくなってしまった。すぐさま、わたしに乗る機関士が重連コックをひねり、ブレーキハンドルに手を添える。幸い、前を行く機関車の走力が落ちていったこともあり、列車はそこから何マイルも行かないうちに、ゆっくりと停車を迎えた。

「安全弁がイカれてしまったようだな。これではもう走れないよ。」

わたし担当の機関士が蒸気漏れを起こしている機関車の運転台に上り、あちこち調べてから、こう言った。あいにく、この機関車を本来担当すべき例の機関士の方は、先ほどから一言も発せず、立っ

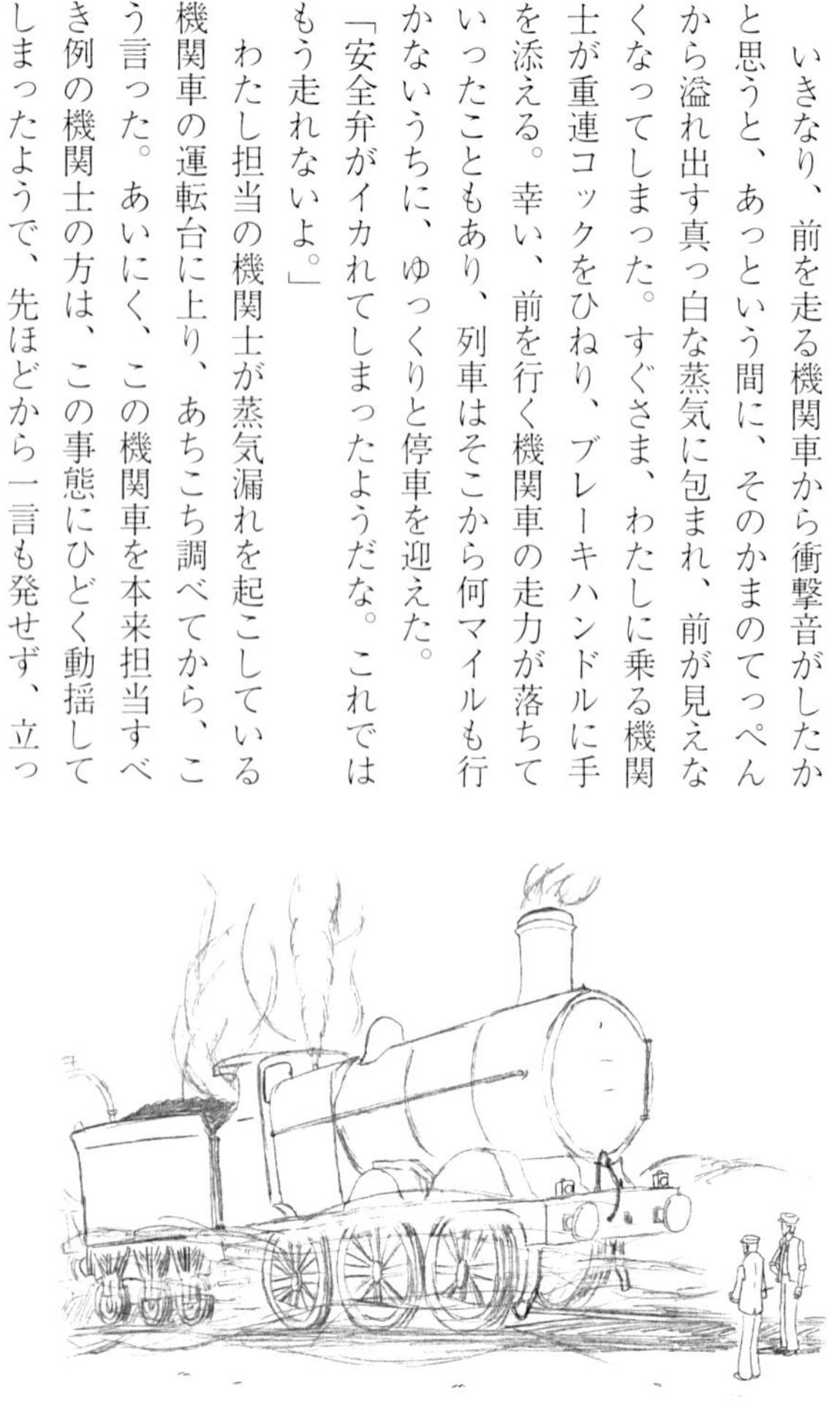

ているのがやっとと言わんばかりに終始、膝を震わせていたもので。

「列車は、こっちの機関車だけでも引いていけるだろう。問題は、そっちの機関車をどうするか、だが……。」

わたしの方の機関士が、列車の先頭で依然として蒸気を撒き散らす機関車に視線を向け、言った。

「確か、少し戻ったところに保線作業車用の待避線がありましたよ。そこに置いておくというのは？」

ここまで先輩の機関士に従い、ひたすら石炭をくべていた新米助手が初めて、口を開く。ところが……。

「ちょっと待ってくれ。こ、この機関車には明日も仕事がある。今、こんなところに置いていかれては……。」

今の今まで放心状態だったはずの彼が、その助手の提案を聞いて、口を挟んだ。

「しかし、走れなくなった機関車をいつまでも、列車につないでおくわけにはいかないよ。これ以上、急行に遅れを出すわけにもいかないし。」

「そ、それはそうだが……。」

確かに、駅と駅との間にぽつんとある待避線に自分の機関車（パートナー）を残していくということに、この彼のこと、抵抗があるのは理解に難くない。しかし、また一方で、自分が無茶な走りを強いたことが此度の立ち往生という事態を招いてしまったことは、さすがの彼でも認めざるを得ないところ。そんな状況で、彼がもう一人の機関士の判断に異を唱えようにも、如何せん、口ごもってしまうのは致し方のないことだろう。

すると……。

「わかった。それなら、次の駅まで、その機関車も連れていくことにしよう。あそこなら、修理工場もあるし、ちょうどいいだろう。」

そう言ったのは、わたしの機関室から降りてきた助手の老人だった。

「しかし、客車に加えて、この機関車まで押して走るとなると、いささか……。」

「だが、今からこいつだけを押して、待避線に置いてきて、また戻るというのも時間がかかる。信号所にも連絡しなけりゃならんし。次の駅までは、そう大した距離じゃない。なんとかなるだろう。」

そう言うと、老機関助手は、しょげ切った顔の拭えない例の青年の方に向き直り、小さく目配せをした。

「君達は機関車のブレーキを外して、できるだけ重荷にならないよう、努めてくれ。何かあれば、機関室から旗を振って合図するように。いいね？」

「は、はい。」

「よし。では、行こう。」

ウーシューッ！

わたしの機関室でシャベルを振るう老人は、次の駅までそう遠くはないと言っていた。しかし、わたしには今日走ったどの道のりよりも、今、一マイルが長く感じられた。前につながる機関車が動力を失い、車輪の付いた鉄の塊と化した現状、わたしの仕事はかなり、きついものとなっていたのだ。なかなか速度の上がらない列車に、若い機関士も不安そう。しかし……。

「伝熱面積、千四百二十六平方フィート。機関車重量、七十三・二トン。この機関車のスペックなら――」

ベテランの助手が何やら独り言を呟いていたかと思えば、彼は突如、窓の外へ向けていた視線を機関士の若者へと移す。

「※カットオフを長くして、加減弁は全開のまま、キープ。蒸気の量は心配しなくていい。私が何とかする。」

※カットオフ　ピストン弁が前後する、その切り替えのタイミングのこと。カットオフを長くすると、供給される蒸気の量が増し、ピストンを押す力も強くなる。

そう言うと、彼は汗をかきかき、シャベルを振り上げ、かまの中へと石炭を放り込む。大きな石炭の塊をかまの手前に置き、さらにその周りに細かい石炭を敷き詰める。年齢のわりにがっちりとした老人の腕には、血管が浮き出てきて、その脈打つ様子がはっきりとわかる。程なくして、石炭の山は赤い火の粉を放ち始め、ボイラーに溜められた水へと強烈な熱気を浴びせ始める。

シューッ！　シューッ！

火室の大きさが機関車の牽引力を決めるというのも、つまりは、高温の蒸気をいかにたくさん生み出せるかが、ピストンを押す力につながるから。例の青年機関士が石炭をくべるよう、しきりに責付いていたのも、そういうわけだ。前方を故障した機関車、後方を乗客でいっぱいの客車に挟まれ、かたつむりのようなスピードが精いっぱいのわたしだったが、火力の増したボイラーのおかげでようやく、急行らしい走りを見せられるようになっていた。

ポォーーーッ！

工場にいるとき、整備士の人達は、わたしのことをずいぶんと丁寧に直してくれたらしい。ここ最近、あまり速く走ることを求められていなかったので気が付かなかったが、ピストンの動きはなめらかで、蒸気の出もよい。速度が上がるにつれ、足元の

鉄板がガタガタと震えるのを感じ、老機関助手もにんまりと微笑む。

ポーッ！　ポーッ！

左右に広がっていた田園風景が家々の屋根に変わってきたとき、わたしは見覚えのある建物の存在に気付いた。背の高い時計台がそびえ立つ、ゴシック様式の駅舎。その並びには、機関車のための修理工場もある。目指していた駅にたどり着いたのだ。

ウーシューーッ！

「あ、あの……。」

列車がホームに停車すると、機関車を降りた例の青年機関士がこちらに駆けてきた。老機関助手がちょうど機関室から降りてきたところで呼び止められる。

「すみませんでした。自分のせいなのに、その……機関車まで助けてもらって……。」

なんとも決まり悪そうに頭を下げる青年。しかし、目の前に立つ老年の鉄道員は特に気にする様子もなく……。

「別に、君の機関車を助けたつもりはないよ。こうした方が早いと思っただけさ。それに、彼がいたら、きっと、こうすると思ってね。」

「彼?」

「ああ、いや、何でもない。ただ、君を見ていてね、思い出したんだ。君と同じように、自分の機関車を大事に思う機関士のことを。」

面識がないであろう青年には見当もつかなかっただろうが、わたしに幾度となく乗車してきた老機関助手の言う〝彼〟とは、おそらく、わたしが今、思い浮かべた〝彼〟と同一人物であろう。まるで、その考えが正しいことを証明するかのように、こちらを向いた老人の顔には、満足そうな笑みが浮かんでいた。

「……だが、老婆心ながら言わせてもらってもいいかね?」

しばしの沈黙の後、口を開いたかと思うと、彼はその丁重な口調とは裏腹に、有無を言わせぬ不敵な笑顔を目の前の若者に向けた。

「彼と君とでは違うところもある。彼は、機関車の声に耳を傾ける人間だ。」

「機関車の……声？」

その言葉（フレーズ）をすんなりとは受け入れられなかったようで、青年はその訝しげな表情を目の前の老人に向ける。しかし、老人はそれに動じる素振りを露ほどにも見せず、低いしゃがれ声で続けた。その細めた瞳の奥に、鋭い眼差しを忍ばせながら。

「傍から見れば、ただの機械に過ぎんだろうが、※彼女らには生き物みたいなところがある。乱暴に扱えば、もちろん、へそを曲げるし、対して、彼女らの熱を帯びた車体に触れ、労りの気持ちを持って接すれば、彼女らは応えてくれる。そう信じる数多の人々の手によって、生命（いのち）を与えられ、育まれ、今日（こんにち）まで共に歩んできた、言わば、鉄道員（われわれ）にとって、古い友人のようなものだ。」

老人はそう言って、わたし達の方を見た。青年もそれに釣られるようにして、視線を移す。わたしの前で、力なく蒸気を漏らす自分の機関車へと。

「機関車の声が……聞こえていなかった、ということか……。」

単なるばつの悪さなら、いくらでもごまかせる。しかし、今、わたしの視線の先に立つ彼はその苦々しげな表情を隠すことさえ、忘れているようだった。

※彼女ら　西欧では、機関車をはじめとする乗り物を女性として扱う慣習があり、人によってはそれらに〝She〟〝Her〟など女性に使う代名詞を用いたり、女性の名前を名付けたりする場合がある。

無力感？　悔しさ？　機関車に対する後ろめたさ？　今、彼の心を占拠するものは何だろう？

仕事にまっすぐであるが故にぶつかる、どうにも拭い去れないその気持ち。第一印象こそ、あまり好ましいとは言えない彼であったが、悔しいかな、自分の機関車への思い入れだけは嘘偽りのないものだと認めざるを得ないもの。多少、その方向性とやり方には難儀さを覚えるけれど……。

「だが、そんなものは聞こうと思えば、いくらだって、聞こえてくる。」

再び投げかけられた言葉に、青年がその顔を上げると、褐色の肌に白い歯を見せて笑う老人の姿が映る。

「君は、機関士として大事なものをもう持っているよ。」

「えっ？　そ、それって……。」

ところが、ちょうどそのとき、工場から来たディーゼル機関車が警笛を響かせ、彼の機関車を連結した。

「おーい、行くぞ。」

青年を呼ぶ声が聞こえ、それに計らいを見せるように、老人は黙って背を向け、自分の持ち場へと歩き出した。

「――ざいましたっ！」

ありがとうの気持ちを言葉にするのは照れくさい。改めて言わなくとも、自分の言葉が彼の心に届いたことは見ればわかる。でも、だからこそ、その一言が嬉しい。彼はきっと、いい機関士になるだろう――

振り返ったときにはすでに頭を上げ、青年は自分の機関車の元へと駆け出していた。彼の後ろ姿を追いながら、老人は一人、笑みを浮かべるのだった。

ポォーーーッ！

数時間前、始発列車をつないで後にした中央駅の一番線。このホームで再び、車輪を止めたとき、わたしは確かにへとへとだった。しかし、機関車としての役目はきっちり果たせたし、新しい出会いもあった。ハリスがいないにしては、上出来の旅だったのではないかと思う。

ピーッ！　ピーッ！

わたしに乗っていた機関士も助手も、すぐに別の機関車に乗ってでかけなければならなかったので、客車から切り離され、火を落としたわたしは、入れ換え用のタンク機関車の手を借りて、機関庫に戻ってきた。

〝夕方の出発までどれくらい、休めるだろう……〟

天窓脇に備え付けられた壁掛け時計に目をやり、〝ああ、やっぱり、見なければよかったかな〟と少し後悔するわたし。そうして二本の針が動く文字盤から視線を逸らしたとき、わたしは奥の暗がりに見慣れた人影を発見した。それは、最後に見たときと同じく、皺の寄ったヨレヨレのシャツに身を包む、機関士の――先ほどまでわたしに乗って旅客列車を運転していた彼ではない方の――彼だった。

「……。」

わたしが帰ってきても何らの反応を示さないことには違和感を抱かれるだろうが、すでにとっぷりと夢の世界へと浸っているらしいこの表情を考慮に入れれば、やはり、彼であることに疑う余地はないであろう。

「オーライ！　オーライ！」

ピリピリピリッ！

外はまだ、陽光の射す昼日中。機関車や作業員達が騒がしく動き回っているはずの時間――しかし、何故だろう？　古い布製のソファに身体をうずめる彼と、こうして並んでいると、この世界がまるで、彼とわたしの二人っきりのように感じられるのは。

ウーシュー―ッ！

……ねぇ、ハリス。ただいま。

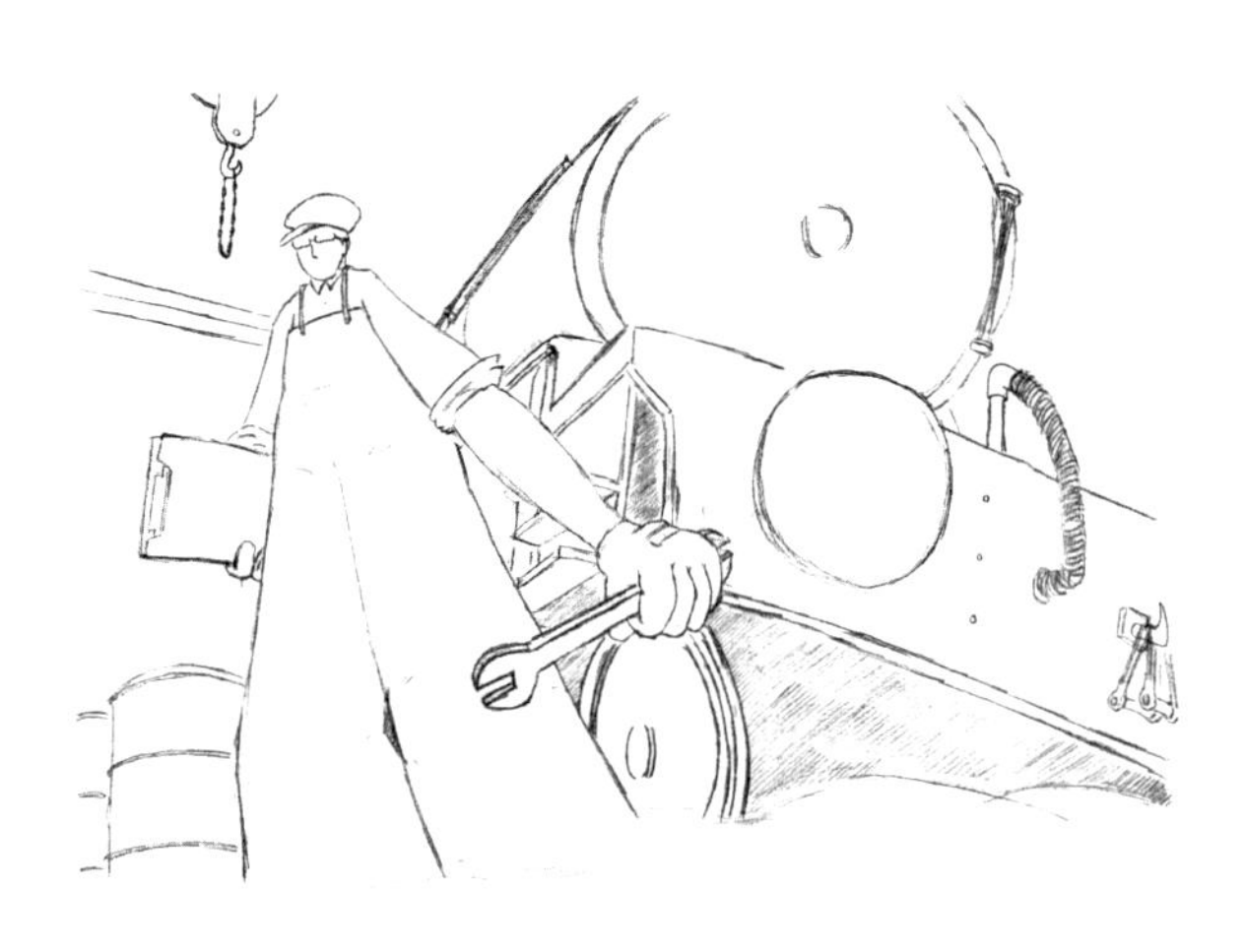

Ⅲ　修理工場の片隅で

ドスン！　ドスン！　ドスン！

底の厚いゴム長で木製の足場の上を歩く音。腰回りにぶら下げられた工具も互いにぶつかり合い、恰幅のいいその作業員が一歩を踏むたびに、ドスンカチャカチャと、まるで規則性のないそのシンフォニーがわたしの眠りを妨げる。

急行列車を引きながら、故障して動けなくなったもう一台の機関車を送り届けた修理工場。あの日の記憶もまだ新しい今日（こんにち）、今度は、わたし自身がこの工場にお世話になる身となってしまった。

「彼女らには生き物みたいなところがある――彼女らの熱を帯びた車体に触れ、労いの気持ちを持って接すれば、彼女らは応えてくれる。」

あの日、老機関助手が言った言葉。あのときのあの言葉は決して、自分に向けられたものではない。けれど、わたしにとっても、それは忘れることのできないものとなっていた。

走り出すまでの準備には手間も時間もかかるし、ちょっと具合の悪いところがあれば、簡単に動かなくなる。蒸気機関車は扱いにくい代物、と鉄道員達の間で囁かれていることは、わたしとて知っていた。だから、ハリスのような機関士がそばにいるということは、幸運なことであると同時に、不安の種でもあった。この世話の焼ける前時代の乗り物は、機関士の彼の、もとい、わたしにとって大切なパートナーの負担になってはいないだろうかって。彼は優しいから、嫌な顔一つ見せないけれど……。

もし、彼にまで愛想を尽かされたりでもしたら、わたし、立ち直れる自信なんて、これっぽっちもないっていうのに……。

しかし、あの日、私見混じりに蒸気機関車のことを語った老機関助手のその顔には、この機関車の存在を邪険に思うような印象は微塵も見受けられなかった。長きにわたり、鉄道に奉職してきたベテラン鉄道員の言葉に、わたしは心のうちを救われたような気がしたのだ。

わたしはアビーで、機関士はハリス。わたしと彼との関係は特別。でも、決して、異様ではない。一台の機関車と一人の乗務員。数多ある中の一つなのだ。

シューッ！　シューッ！

とはいえ、時計仕掛けのようにきちんと動いていることが当たり前とされる鉄道において、今回のように故障を繰り返したこと自体は、やはり、その一翼を担う機関車として、ふさわしいものではないであろう。支線の仕事から外されている間の代わりの仕事とはいえ、自分の不調で穴を開けてしまった事実には、地味に落ち込む。

カン！　カン！　カン！　カン――

しかし、油染みまみれの前掛けをした整備士は、わたしの心理状態などお構いなしに、やかましい金属音を立てながら、仕事を進めていく。

ギギギィーッ！

煙室に通じる扉が開けられ、整備士が中の部品を一つ一つ外していく。煤を払い、叩いて音を確かめたり、油をさしてみたり――そして、きれいになったそれらは、整備士のゴツゴツした手によって、再び、かまの中へと戻される。

カチャカチャカチャン！　ガチャッ！　ガチャガチャガチャ――

気持ちが落ち込んでいても、蒸気が上がらなくても、日常は流れていく。でも、それは当たり前じゃない。整備士が丁寧に磨いていく大小さまざまな部品。この部品みたいに、一人一人の日々の積み重ねの上に、この目の前の日常は築かれている。蛇口をひねると出てくる水も、作業員達が汗を拭うタオルも、出勤途中に買ってきたと思しき新聞やマンガ雑誌も……。誰かが作ったり、育てたり、売ったり、運んだり、きれいにしたり、処分に手間暇かけたり、その他有形無形で手助けしたり、試行錯誤を繰り返したりをした上で、今、ここにあるのだ。

……どうも、車輪を動かすことのない、この修理工場で過ごす日々は、わたしを哲学者にするようだ。つい、いろいろなことを考えてしまう。わたしも早く修理を終えて、日常を支える部品の一つに戻りたいものだ。方々に張り巡らされた線路を伝って、人や荷物の移動を手助けする〝鉄道〟というインフラの、その部品の一つに。

そこへ……。

「——で、初めて入ったんですけど、そのお店の※レモンドリズルが爽やかで美味しくて。」

「へぇ、あの大通りにあるお店よね？　アンティークショップの隣の。私も、今度の休みに行ってみようかしら。」

工場内に響く女性達の声。決して大声で喋っているわけではないのだが、屈強な男性ばかりが行き交うこの建物の中において、約一オクターブほど高い彼女らの話し声は遠くからでもよく届く。見れば、その声のする方には、わたしにも見覚えのある、二人の女性の姿が――

一人はショートヘアの似合う端整な顔立ちに、白い肌が印象的。若干幼さの残るあの笑顔の持ち主は、切符売り場の彼女だ。支線の仕事を外されて以来、お目にかかることのなかった彼女の姿には、懐かしささえ覚える。

それから、もう一人の彼女は、すらりとした長身に、ブルネットの髪の毛を鎖骨の辺りまで伸ばしている。切符売り場の彼女に比べ、どことなく大人っぽい印象を受けるその女性は、前に一度、助手として、一緒に働いたことがある。名前は確か、オリヴィアさん。そういえば、普段は工場で事務をしているって、ハリスが前に言っていたっけ。

「紅茶でいいかしら?」

「はい。ありがとうございます。」

ちょうど三時のお茶の時間。作業員達が珈琲と菓子パンを手に休憩を取る中、わた

※レモンドリズル　イギリス伝統のお菓子の一つ。レモンケーキの上からアイシングをドリズル(霧雨)のように垂らしたパウンドケーキ。

しの真正面にあるベンチを陣取り、自分達もティーブレイクに興じる二人。

それにしても、画になるなぁ。

オリヴィアさん、あいかわらず、目元のメイクはばっちり。まつ毛も長くて、きれいだし――そのくっきりと陰影のついた目元が、しゅっとした顔立ちの彼女をより美人に印象付けているって感じ。若干骨っぽいが、腕も手もすらりと長くて――指先に一分の隙もなく塗られた淡い紅色が映える。

一方の切符売り場の彼女だって、オリヴィア女史のように、飾り気に溢れた見た目ではないけれど、きめの細かい白い肌に、耳から顎先にかけて、顔の輪郭はきれいな弧を描き、ベリーショートのその髪型がよく似合う。耳に届くぐらい、長めの前髪を横に流して――オトナっぽく、かつ、可愛さもあって、ステキ――

スタイルのいいきれいなお姉さんに、ハンサムな美少女といったところだろうか。タイプは違えど、どちらも心惹き付けられる存在であることに変わりはない。特に、人間の女の子になりたい願望を持つ機関車にとっては――

けれど、気のせいだろうか、隣に座るお姉さんと砕けた敬語で話すハンサムな美少女の方はなんだか、いつもより、そのチャームポイントである笑顔に陰りがあるような……。

「えー、そんなこと言うの、彼？」

「そうなんですよ！　ひどくないですか！」

機関車（わたし）にじっと見つめられているなど、露ほどにも思ってはいないのであろう。先ほどよりガールズトークを展開する二人。次第に、ショートヘアの彼女の表情もやわらかくなっていて――

「まぁ、でも、わかってはいるんですよ。私って、難しい性格してますし。可愛げないとか、気が強いとか……。」

「だけど、あなたのそういうところがいいって言う人もいるんじゃない？」

「えー、いませんよ、そんな人――」

……楽しそうだなぁ。

「ハー、クション！」

他人（ひと）に噂されると、くしゃみが出るなんて言

うが、それは迷信に決まっている。きっと、今日の午前中、煙管を掃除したときに出た煤が舞っていて、それを吸い込んだのだろう。機関室でうずくまるめがねの青年が鼻をすすりながら、ハンカチを探している。

「……。」

二人が現れる直前、修理に出されたパートナーの様子を見に、わたしの前へと姿を見せた機関士の彼。いつものシナリオならば、わたしの顔色を窺い、労いの言葉の一つもかけてくれていたはず。少なくとも、わたしはそう期待をしてしまった。ところが、機関室に上っていた――おそらく、機関室にした忘れ物を取りに来たとでもいう口実で、工場内に入れてもらったのだろう――そのタイミングでの彼女らの登場に、それからはずっと、彼はその場を動けずにいた。いくら彼に対して、友好的な二人とはいえ、機関車に話しかけている姿を見られることは憚られるのであろう。

しかし、それから程なくして、

「じゃあ、そろそろ、行かないと。お茶、ごちそうさまでした。」

ショートヘアの彼女がそう言って席を立つと、わたしの視界から消えていく。すると……。

「ちょっとごめん。すぐに戻るね。」

そう言い残し、機関室を後にする彼。そして、そのまま、わたしの機関士は、二つのティーカップを前に、後片付けを始めようとしていたもう一人の彼女の元へと向かっていった。

「お疲れ様です。」

「あら、ハリスさん。お疲れ様です。今日はどうしたんですか？」

「ああ、えっと、実は僕の機関車が今、こちらにお世話になっていて。」

彼はそう言いながら、右手を上げると、目の前の彼女に対して、わたしを指し示してみせた。

「あの、ところで、今、一緒にいらしたのって、もしかして、リビィさんじゃないですか？」

「ええ、そうですよ。あっ、そういえば、彼女、ハリスさんの支線の駅にいるんでしたよね？」

いつも、切符売り場の彼女とか、あの娘って呼んでいたけれど——へぇ、リビィさんっていうんだ、彼女。初めて聞いた。でも、そっかぁ、ハリスも知っていたんだね、彼女の名前。そうだよね、結構、親しくしているみたいだし？　名前くらい知っていても、おかしくないよね——名前くらい、ね……。

「そういえば――」

　自分でもよくわからないもやもやした感情に戸惑うわたしだったが、それをよそに、目の前では、わたしの機関士と彼女とが交わす会話のキャッチボールが続けられていた。

「彼女、今日、様子はどうでしたか？」

「様子、ですか？」

「あっ、はい、その……。さっき、見かけたとき、どことなく、いつもより元気がない感じだったので、何かあったのかと。」

「ああ、なるほど。そういうことですか。」

　そう言って軽くうなずくと、彼女は手にしていた二つのティーカップをテーブルの上に戻し、自分に視線を向ける青年と改めて相対した。彼女より若干、身長の勝る彼は、真正面に立って自分の顔を仰ぎ見る同世代の女性に、やや狼狽した表情を浮かべている。

「彼氏さんと喧嘩したんですって、夕べ。」

「ああ、喧嘩ですか。彼氏さんと……。」

「ええ。それで、お付き合いを続けようかどうしようかって、悩んでいるみたいですよ。それで元気がないように見えたのかもしれませんね。」

「……な、なるほど。」

彼女の簡潔明瞭な回答に、ただでさえ、たどたどしかった彼はいよいよ、言葉を詰まらせ始める。

「でも、ハリスさん、そんなに心配なら、本人に直接、聞いてみてはいかがですか？知らない者同士ではないんですから。」

「ええと、そうですね。……でも、僕が聞いても、たいして役には立てないでしょうし、むしろ、迷惑なんじゃないかと。それに、その、恋人とのこととかなら、やっぱり、同性同士の方がいい気がしますし……。」

「あら？私だって、同性ではないですよ。」

「あっ、いえ、その、それは……。」

こんなにたじろぐ彼の姿は珍しい。機関室に立っているときとは、まるで対照的。

そんな彼の様子に……。

「ふふふ。動揺し過ぎですよ。」

わたしより近くで対峙する彼女が言う。眼にいたずらっぽい輝きを見せながら。そして、その含み笑いの後、彼女は続けて、こう言った。

「でも、ハリスさんは本当、彼女のこと、好きなんですね。」

「えっ？」

わたしの機関士は普段、あまり心のうちを表情に出さない方だが、その一瞬、彼の顔が赤くなったように、わたしには見えた。

「い、いえ、僕は別に……。」

「あら？　彼女、女性としての魅力はありませんか？」

「い、いえ、そんなことはありませんが、ただ、その……そういう意味のあれでは……。」

「ふふっ、ごめんなさい。冗談ですよ。」

動揺が目に見えて、はっきりと伝わってくるめがねの青年。茶目っ気のある笑みを浮かべながら、詫びる彼女。けれど、一頻り済んだところで、彼女はしばしの間を置くと、さっきよりも少しだけ声色を落ち着かせて……。

「でも、ハリスさんは、彼女に恋人がいることも、その恋人とお付き合いを続けようかどうしようか、彼女が悩んでいることも全て含めて、彼女のことを案じている。きっと、その思いは隠さなきゃいけないようなものではないと思いますよ。」

「……っ。」

言葉にならない驚嘆の声を漏らす彼。その様子に、彼女は顔をやや傾けて、にこりと笑みを浮かべてみせる。彼女のブルネットの髪が首の動きに合わせて揺れた。

「それに、そうやって心配してくれる人がいることは、彼女だって、悪い気はしないと思います。もちろん、無理やり聞き出すのは駄目ですけどね。」

「……。」

「そういえば、彼女、工場長室に届け物してから帰るって言っていましたよ。まだ、工場の中にいるんじゃないかしら。」

そう言って、再び、いたずらっぽい眼差しを向ける彼女。その彼女にお礼を言うと、彼もまた、足早にわたしの視界から消えていったのだった――

さっきの、自分でもよくわからないもやもやの正体が少し、わかった気がする。わたしの好きな人の好きな人は、わたしじゃない。それでも、彼がわたしのことを大切に思ってくれていることはわかっている。わかってはいるんだけれど……。

彼はわたしに、あの娘の前でするような顔は見せない。わたしのことで、あんなにどぎまぎしたりもしないだろう。彼のあいう一面を引き出す彼女がうらやましい。彼にとっての特別になりたい。彼の見せる全てを独り占めしたい――

きっと、この想いは友情じゃない。仲間意識とも違う。彼のことを好きとは言ってきたけれど、あえてこういう意味の好きだと言わなかったのは、気恥ずかしさの他に、機関車であるわたしのこの想いにそうと名付けることが果たして許されるのだろうか、という葛藤があったから。でも、そう、認めざるを得ない。この感情は……。

ウーシューッ！

火の入っていないはずのかまから、蒸気が漏れる。彼のことを考えていたら、ボイラーが沸点に達してしまったみたい……。

でも、それにしても、ハリスもリビィさんもいいなぁ。頼りになるアドバイザーがいて。わたしだって、今はそちらのブルネットの髪色が眩しいお姉さんに話を聞いてもらいたいぐらいだ。

ところが、そんなわたしの心の声が届いたとでも言うのか、その彼女がこちらに向かって歩いてくるのが目に入った。外股の作業員達とは違い、耳に心地よいリズムで靴音を響かせながら――

「あんまり妬いちゃ駄目ですよ。もうすぐ、また、同じ支線で働く仲間に戻るんだからね。」

……びっくりした。さっきのは、ほんの冗談のつもりだったのに……。ハリス以外にも、わたしの心のうちを読める人がいたとは……。

あれ？　ていうか、今、もうすぐ、また、同じ支線で働くって言わなかった？　それって、つまり……。

Ⅳ　ディーゼル

　わたしが最後に見たとき、そこは確かに、石炭の煤で真っ黒に汚れていたはず。けれど、今は、元来のニス塗りの木造屋根、そのままの色を見せている。木目の一筋一筋までもがはっきりと分かるほどに。どうやら、わたしがいない間に、大掛かりな手入れが為されたらしい。

　およそ二ヶ月ぶりに帰ってきた支線の機関庫。我が家に帰ってきた懐かしさをゆっくりと語らいたいところだが、実は、この二ヶ月の間に変わっていたのは、天井だけではなくて……。

　グルルルル！

　ディーゼルエンジンの立てる特異な寝息が、隣から聞こえてくる。蒸気機関車にとっては、自分達の存在を脅かす〝敵〟とも言えるディーゼル機関車。そんな敵役（かたきやく）のディーゼルと、なんと今、わたしは同じ機関庫に、一つ屋根の下にいるのだ。どうして、このような事態になっているのか。まずは、そこから聞いてもらうとしよう――

「ふぅ……。なんだか最後に走ったときより、頂上の駅が遠くなったみたいだ。」

機関室でずっと操縦桿を握っていためがねの青年が、タラップを降りてくると、額に流れる汗を拭いながら、言った。

久しぶりに車輪（あし）を踏み入れた支線の線路。遠足の子ども達を送ったあの日以来、ずっと本線で貨物列車を引いていたわたしだったが、この度、ようやく、慣れ親しんだこの地に戻れることとなった。操車場の改修工事が先の一件でスタンドプレーを取ったわたし達を遠ざけるための口実だということはわかっていたが、それでも、自分の家の庭同然である操車場の設備が手入れされたこと自体には、何の文句もない。というより、文句の付けどころもないほど、きれいになっているではないか――そばに行くだけで毎回、真っ黒な粉を被っていた石炭置き場も機械が新しくなっており、これでしばらくは、わたしも車体を汚されずに済みそうだ。

しかし、操車場を進み、機関庫までやって来たわたしは、その日最初の不安を覚えることとなる。

「あの、これは？」

建物自体は以前と変わらない、煉瓦を積み上げてつくられた三角屋根の小屋。しかし、中に入ると、そこには、線路が敷かれていた。機関庫なのだから当たり前と思われるかもしれないが、入り口の手前で停車したわたしのその視線の先には、二ヶ月前、確かに一本しかなかったはずの線路の隣にもう一本、真新しい線路が敷かれていたのだ。見覚えのないその光景に、わたしの機関士も違和感を覚えたようで、一緒にいた作業員に尋ねる。ところが……。

「ああ、これは……。いえ、これは後のお楽しみというやつで。さあ、駅長が先ほどからお待ちですよ。」

そう言いながら、どことなく嫌な印象を受ける笑顔でこちらを見る作業員。庫内の線路が二本になったことで、ハリスが使っていた作業机も窓際に追いやられている。真新しい線路の脇には目立つ図案文字（レタリング）で〝Gas（軽油）〟と刻まれた見慣れぬ設備もあるし——作業員の言う〝お楽しみ〟が、その言葉の元来持つ意味のそれだとは、わたしにはとても思えなかった。

「おかえり、ハリス君。君が戻ってくるのを、首を長くして、待っていたよ。」

駅長が笑顔でわたし達を出迎えた。もっとも、これまでの彼との関係性を考えると、

本心からそう言っているとは到底、思えないが……。

「紹介しよう。これが、君の機関車の代わりを務めていたディーゼルだ。彼は、機関士のジム。」

駅長が手で示す方を見ると、そこにはわたしの半分ほどの大きさをしたディーゼル機関車と、ハリスと同い年か少し若いぐらいの青年が並んでいた。

「ジムです。よろしくお願いします。」

その社交的な同僚に求められるがまま、握手を交わすわたしの機関士。釣られて愛想笑いなんかしちゃっているけど、本当は何が・よ・ろ・し・くなのか、わたしと同じで、気になって仕方がないくせに――

「えー、それでだ……。」

見れば、いつの間にやら、駅長の態度にはいつもの尊大さが戻っており、さっきとは違った種類の笑みを浮かべると、彼はこう続けた。

「このディーゼルには引き続き、支線の手伝いに入ってもらおうと思う。」

両腕を後ろに組みながら、声高に言うこの駅の責任者。それはもちろん、わたしにではなく、わたしの前に立つハリスへと向けて発せられたものだったが、支線の仕事に無事、カムバックを果たし、浮上していたはずのわたしの士気（ヒットポイント）を地に落とすには十分な破壊力だった。機関庫に敷かれた二本目の線路を見たときに抱いた不吉な予感はどうやら、現実のものになってしまったらしい。

「さしあたっては、保線係の手伝いに操車場での入れ換え作業、それから、冬場の貨物輸送を担当してもらうことにしよう。」

以前にお話ししたように、わたしが走るこの山の頂上の村とふもととは、鉄道の他に、一本の道路で結ばれている。しかし、この道路が冬季は閉鎖されてしまうため、その間は鉄道が村人達の移動に加え、普段は道路を使って行なわれている貨物の輸送も一手に担うことになる。そう言えば、今季の道路閉鎖は明日からだったか。昨年までは旅客列車に貨車が連結され、わたしはその長編成となった列車を引いて、二つの駅の間を行ったり来たりしていたのだが……。

「どうだね？　これで少しは君も楽になるだろう。」

「そうですね。ありがとうございます。」

確かに、この時期はわたしの連結器にかかる重荷が増し、車軸がひどく熱くなってしまうこともあった。しかし、だからと言って、今まで自分が任されていた仕事をいきなり、他の誰かに取られることには、気の進まない思いがある。ましてや、その他・・の誰か・・というのがディーゼル機関車となれば、なおさら……。こうして、一つの機関庫を共有することになった現在(いま)でも、その気持ちに変わりはない。

しかし、そんなわたしの心のうちなどお構いなしに、この新しい機関車を交えた新生活は幕明けを迎えるのであった。

ゴロゴロゴロ――

ディーゼル燃料のあの独特の匂いを漂わせながら、機嫌よさそうにエンジン音を響かせる新入り。まだ日の出を迎えていない早朝、わたしのかまに入れられた火がようやくボイラーを温め始めてきた頃、すでに準備万端の新入りは意気揚々と機関庫を出発していく。空の貨車を連結し、道すがら、線路や信号機に異常がないかを確認しながら、ふもとの駅へと向けて。

ガラガラガラッ！

　駅に着くと、貨車の扉が開けられ、男達が荷物を運び込む――刷り立ての新聞に、郵便袋に詰められた手紙や小包。パンやケーキを焼くための小麦粉の袋と円錐形のミルク缶。村の食料品店に並べられるであろう鮮魚や卵、肉の類は特別製の冷蔵室へ。
　その間に、ディーゼルは待避線へと走り、本線の列車から切り離された貨車の列から、頂上の村宛ての貨車を集める。暖房用の石炭を積んだ屋根なし貨車に、ガソリンの詰められたタンク車。工事現場へと運ばれる鉄骨や材木を載せた平たい貨車。日によって運ぶ荷物は異なるが、それらの貨車を全部、ホームに集めると、小さなディーゼルはその列車の先頭にまわり、連結器を締める。
「出発進行！」

ブッブー！

途中、貨物列車は二手に分かれた線路の一方へ入ると、その場で停車する。ちょうどその頃合いで、始発の旅客列車を引いたわたしが線路を下ってくるからだ。

ポーッ！　ポーッ！

遠足の子ども達を乗せたとき、ふもとから来る工事車両の列車と行き交うために利用した中間地点にある古い駅。わたしとディーゼル、二台の機関車が走ることになった現在、再び、この駅も使われることになったのだ。

ゴロゴロゴロ――

わたしが客車を引いて駅を通過する傍ら、例のエンジン音を立てて停車するディーゼル機関車。薄暗い庫内では気付かなかったが、モスグリーン色のそのボディには、車体番号と思しき数字と何かのマーク、そして、アルファベットが綴られていた。

〝※パ……アックス……マ……ン？〟

機関車の中には、公に認められた名前を持つものもいると聞く。残念ながら、わたしにはそれは与えられなかったけれど……。

ブッブー！

塗り替えられたばかりと思しき車体にその金文字を輝かせる彼は、わたしが通過し終えると同時に、信号が青になったのを確認し、再び、走り出す。ふもとの駅へと向かうわたしとは逆方向に――

「いやはや、ありがたい。朝刊がこんなに早く読めるとは。食料品店の店主も頼んだものが一度に全て届くと喜んでいたよ。」

これ見よがしに、わたしとわたしの機関士の前で、上機嫌な素振りを見せる駅長。でも、確かに、旅客と貨物とは分担する方が効率の面ではいいに決まっているし、客車を引くわたしに、加えて彼が運んでいるのと同じ量の荷物を一度には捌けない。もっとも、それは、この尊大な上役に改めて言及されずとも、すでにわかってはいたことだが。

「ハードウィック行き！　ハードウィック行き！　まもなく、発車いたしまーす！」

ピリピリピリッ！

また、彼はお昼どき、食休みを取るわたしに代わって、旅客列車も引く。これで文句を言う乗客も減ることだろう――もっとも、春になって道路が開通したときには、この休止時間の乗客を狙い目にしていたタクシーの運転手達が文句を言うかもしれな

※パックスマン　アビーはディーゼル機関車の名前と勘違いしているが、本当はディーゼルエンジンのメーカーの社名。

いが。そして、夜は、最終列車を引いて戻ってくるわたしと入れ替わりに駅を出て、保線係の作業員達の手伝いをする。

彼がこの支線に加入したことでよくなったことはあれど、マイナスなことなど、何もない。と、みんな、口を揃えて言うだろう。荷物を待つ村の人にしても、乗客として利用する人にしても、列車の運行を司る駅長にしても、わたしやわたしに乗る乗務員達にしても――

そうして、わたしが支線に戻ってきてから、一週間ほどが過ぎた。今日も、わたしが中間地点の駅にさしかかると、もう一方の線路の上で停車する彼の姿が見えてくる。

ブッブー！

単線のこの支線で途中、二つの列車が行き交うことのできる場所は、この駅だけだ。だから、先に着いた列車は反対側から来る列車が到着するまで、この駅で停車して待たなければならない。しかし、旅客列車が人を乗り降りさせることもなく、ただ停車しているというのは、乗客達に要らぬ焦燥感を与えかねない。そのため、たいていの場合は、貨物列車を引いた彼の方が先に駅に着き、わたしがノンストップで通過できるよう、線路を空けておいてくれる。

ポーッ！　ポーッ！

彼とのすれ違いざま、挨拶代わりの汽笛を返すわたし。

しかし、あれだなぁ。こうして、隣の線路に退いて、わたしに先を譲る彼を見ていると、なんだか、こう、無性に……腹が立ってくる。

もちろん、そうなるように時刻表も組まれているわけだが、毎度毎度遅れることなく、その列車交換地点で平然と待ち構えている彼の出で立ちは紳士的とも言えるが、同時に、息を切らせてやって来るわたしを憐れんでいるようにも見えて……。

ウーシューーーッ！

そうなのだ。彼と同じ支線を走り、同じ機関庫で休むという日々を一週間もの間、共にしてもなお、わたしは彼への警戒心を解くことができずにいたのだった。今のだって、本当はわかっている。わたしが彼に対し、異常な敵愾心を燃やしているから、そんなふうに見えてしまうんだってことぐらい……。

ガチャ！

ふもとの駅に着くと、わたしと客車とをつなぐ連結器が外される。わたしは操車場の端にある転車台まで走ると、そこで向きを変え、先ほどとは反対側に回って、客車の列を連結した。もうまもなく、出発の時刻。ボイラーのてっぺんにあるこぶに蒸気が溜まり、プラットホームから少しはみ出したところで停車するこの機関車は、いつでも走り出せる状態に――

シューッ！　シューッ！

ところが、ハリスも助手もなかなか、機関室へ戻ろうとしない。実は、本線の列車に遅れが出ており、乗せるべきお客がまだ来ていないという。そこで、わたしのこの列車も出発を遅らせ、本線を走る次の列車を待つことになったそうだ。車掌がすでに客車に乗り込み、出発を今か今かと待っているお客さん達に頭を下げながら、そうアナウンスする声が聞こえる。

ポーッ！　ポーッ！

ようやく、本線の列車が到着し、降りてきた乗客達が今度は、わたしの客車へと乗り込む。しかし、遅れていたせいか、いつもよりも乗り換え客が多く、わたしは予備の客車を持ってきて、列車につけ加えなければならなかった。

ピリピリピリッ！

いよいよ準備が整うと、車掌が力いっぱい、笛を吹く。予定よりも重たくなった列車に、走り出しでは車輪が一、二度空転したものの、じきに客車達にもわたしの動きが伝わり、列車はガタゴトと調子よく走り始めた。待ちぼうけを食わされた分、ボイラーは蒸気ではち切れんばかりに――蒸気がピストンを、ピストンが主連棒を、主連棒が車輪を動かし、わたしは頂上の駅に向かって、軽快に飛ばしていく。

ポーッ！　ポーッ！

この調子なら、遅れもいくらか取り戻せるかもしれない。わたしはそのとき、確かにそう思ったのだが――

ウーシューーッ！

「だめだ。これ以上は進めない。」

わたしのボイラーの下では、六枚の動輪が激しく回っている。しかし、奮闘も空しく、後ろに連なる客車も、機関車自身（わたし）も、さっきから一歩も前へ進めてはいない。

ディーゼルの待つ途中の駅までは順調に走っていたものの、その先、頂上の駅まで続く一番傾斜のきついこの場所で、わたしは捕まってしまったのだ。

シューーッ！　シューーッ！

わたしはムキになってなおも進もうとしたが、ハリスがハンドルをひねり、急勾配に抗おうとする車輪にブレーキをかけた。わたしが機関室の方を振り向くと、目を閉じ、首を横に振ってみせる彼の姿が映る。

「仕方ない。助けを呼びましょう。」

助手が電話をかけに、先ほど通過した駅へと戻っていった。その間に、車掌は客車に一輌ずつ乗り込んでいっては、騒ぐ乗客達をなだめて回る。車掌が詫びる声を聞くのは、本日二度目だ。まぁ、一度目はわたしのせいではないのだが……。

「申し訳ありません。すぐに、応援が来ますので。」

車掌の言う通り、あまり時間の経たないうちに、後方から聞き覚えのある警笛の音が聞こえてきた。

ブッブー！

彼だ。ゴロゴロというエンジン音を響かせながら、この支線を走るもう一台の機関車が姿を現す。

ガチャン！

彼はわたしの列車の後ろにつくと、中間地点の駅のところまで、列車をバックさせた。先ほ

どの無駄なあがきで蒸気を使い果たしていたわたしは、彼の重荷にならぬよう、ブレーキを外して、ただただ、後ろ向きに引かれていく他なかった――

線路が平坦なところまで来ると、彼は列車を止め、合図の警笛を鳴らす。

ブッブー！

わたしの方もこの間に蒸気の量を回復させており、準備は万端だった。気持ちの以外は……。

「さあ、行こう。」

機関室に立つ青年に促され、わたしもしぶしぶ、汽笛を鳴らす。

ポーッ！　ポーッ！

機関車二台掛かりでも、今日のこの列車を丘の上まで引っぱり上げるのは一苦労だった。わたしの煙突からはもうもうと煙が噴き上がり、列車の最後尾では、唸り声ともとれる彼のエンジン音が轟いている。

ウーシューッ！

時折また、車輪が空回りをしたが、後ろからは二百七十五馬力の強力な助っ人が列車を支えている。もう逆方向へ引きずり下ろされる心配はない。わたしは慎重に、車輪を前へと進めた。

「……。」

　無言のまま、機関室の窓から身を乗り出し、前方を見据えるハリス。わたしの機関士の顔へと吹きつける風が次第に勢いを増し、赤毛の髪がなびく。

　シュー ッ！　シュー ッ！

　進むのが幾分、楽になってきた。それもそのはず、わたしの車輪はいつの間にやら、上り坂を脱していたのだ。目指していた頂上の駅は、もう間近。すると……。

　ブゥーーーッ！

　※補機として列車を押していた彼が警笛を鳴らして、列車を離れていく。今回、わたしの救援のために急遽、駆けつけたディーゼル。彼にも、ふもとの駅へ戻って、引いてこなければならない列車があるのだ。

　ポー ッ！　ポー ッ！

　ディーゼル機関車は、油を燃料として走る。油と空気を混ぜ合わせることで高温のガスを作り出し、そのガスの圧力によって、車輪を動かすのだ――わたしのピストンがシリンダーに送られてきた蒸気に押されて動くのと同じように。この燃料から動力を生み出すときの効率――どれくらいのエネルギーを費やして、どれくらいの仕事ができたか――が、石炭を燃やして走る蒸気機関車に比べてよく、そのため、ディーゼル機関車は次世代の動力源として、評価されている。

でも、それだけではない。パワーやスピードでより勝るものはこれからどんどん出てくるだろうし、何より、火室を持たない彼らを運転する乗務員は、今のハリスのように、暑い・きつい・危ないの三重苦に晒されなくてよいのだ。

勝敗は明らか。だけど、わたしはその現実をずっと受け入れられなくて、だから、ずっと受け入れられないんだ、彼のことも。これは、わたしの……醜い嫉妬心。

キー、コン、ガチャ！

駅に着くと、客車から切り離されたわたしは、給水塔のある待避線へと連れていかれる。遅れて到着したせいか、周囲の様子が慌ただしい。運転台から降りてきた機関士の彼も、先ほどからずっと、手元の運行表に視線を落としたままで、わたしの方を見ない。

……呆れているだろうなぁ、ハリス。だって、わたし、最後まであのディーゼルの方、見られなかったし。彼と呼吸（いき）を合わせようとしなかったのも、きっと、機関士のあなたにはお見通しのはずだもの……。

※補機　補助機関車の略。対して、補機に補助されて列車を牽引する機関車のことを本務機関車（本務機）という。

ジョボボボボ――

無言の彼と、すっかり意気阻喪の機関車の前では、水槽に注がれる水の音がよく響く。

……わたしも、自分で自分が嫌いになりそうだ――

ところが……。

「大丈夫だよ。」

幾度となく耳にしてきた少し低めの男性の声。その声に俯かせていた視線を上げると、機関士の彼がわたしの顔を覗き込むように立っていた。わたしが思わず、びっくりした表情を見せると……。

「ああ、ごめん。なんだか、元気がなさそうだったから。」

それから、彼はまた一度（ひとたび）、わたしの顔をじっと見つめてきたかと思うと、不意に、わたしへと寄りかかる。緩衝器を背もたれ代わりにして。

「君はずっと一台（ひとり）で、この支線を守ってきたんだ。新入りを何の思いもなしに、手放しで歓迎するなんて、できなくても無理はないよね。」

ハリス……。

「というか、僕もそうだから。」

　軽く冗談めいた口調で言う彼。でも、その表情は、わたしからはよく見えない。

「けれど、今の僕らには助けが必要だ。それは君もよくわかっていることだと思うけど。」

……。

「でもね、だからといって、取って代わられるわけじゃない。君は代
回されたときも、ここに戻ってくることを諦めなかったし、今日もお客
ディーゼルと一緒に全力を尽くした。君の中では、覚悟が決まっていなか事に
れないけどね。」

……。

「大丈夫、自信を持って。君以上に、この支線のために働ける機関車はいないんだから。」

　そう言うと、彼は振り向き、再び、わたしの顔を正視してきた。そのめがね越しに、屈託のない笑みを見せながら。

「さあ、そろそろ、行かなくちゃ。お客さんが待っているよ。」

　助手が炭水車に差し込まれていたホースを戻し、機関室に上がってくると、彼は加減弁のハンドルに手をかける。

ポーッ！　ポーッ！

……本当に、嫌になっちゃうなぁ。我ながら、自分の単純さに。

ついさっきまでは、あの新入りに助けられたことで、敗北感やら自己嫌悪やら、その他名前のわからない感情でぐちゃぐちゃになっていたというのに……。今は、彼にちょっと優しい言葉をかけられただけで、気持ちが軽くなっている自分がいる。

ほんと、チョロ過ぎるよ……。

でも、そのおかげで、次の列車を引っぱるためのパワーをもらえた。だから、よしとしてもいいのかな。彼がこんなわたしを受け止めてくれたように。

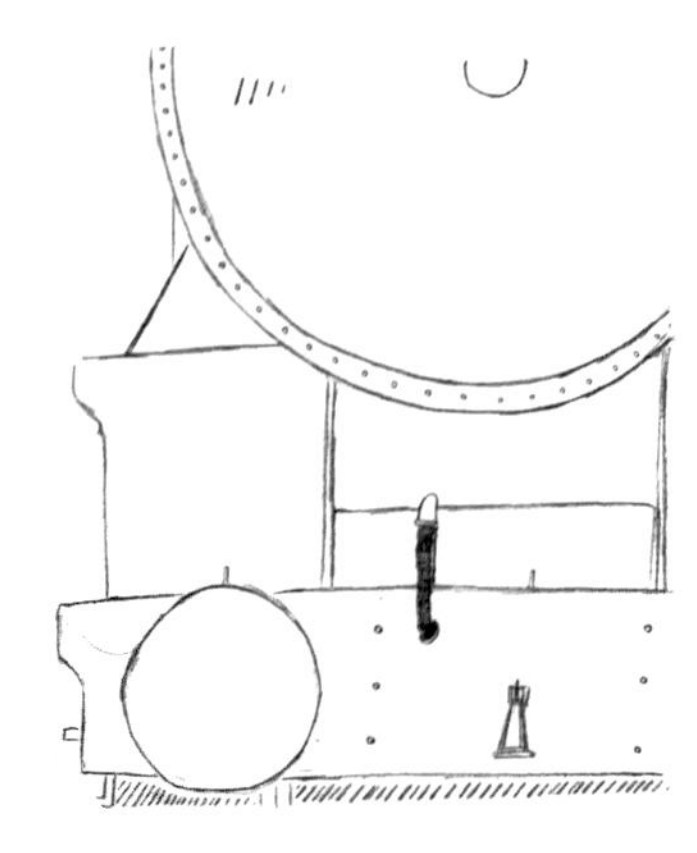

Ⅴ　聖なる夜に

　十二月二十五日。この日付を聞いて、クリスマスという年中行事が微塵も頭をよぎらない人はいないのではなかろうか。クリスマスは、イエス・キリストという人物の誕生を祝う日。イエス・キリストとは、キリスト教という宗教において、人々の救世主とされる存在で――

　うーん、できるだけ簡潔に説明しようと思ったのだが、難しいなぁ。まぁ、長い歴史を持つものを一言で言い表そうとする方が浅はかなのかもしれないが……。ともあれかくあれ、わたしが言いたかったのは、クリスマスがキリスト教における大事な日だということ。そして、そうは言えども、今日(こんにち)ではキリスト教を信仰し、大切にしている人でなくとも、このクリスマスという日をお祝いする人は少なくない、ということだ。わたしの走る支線でも、この時期になると、駅や人々の様子が変わっていくのを感じる。

ブッブー！

中間地点の駅で、旅客列車（わたし）の通過待ちをするディーゼル。その後ろにはブレーキ車と三輌の貨車が連結されており、そのうちの二輌の横っ腹には〝Mail（郵便）〟という文字が刻印されていた。この時期は、クリスマスプレゼントやら、クリスマスカードやら、〝クリスマス〟と名の付く郵便物がとにかく多い。道路が封鎖され、貨物輸送も一手に引き受けている鉄道にとっては、一仕事だ。

ブーッ！

わたしが通過し終えたのを確認すると、側線で停車していたディーゼルは警笛を鳴らし、再び、頂上の駅を目指して、走り出す。現在（いま）はこの新入りが貨物の仕事をまとめてやっているが、昨年までは、わたしが旅客列車を引きながら、この貨物も運んでいたのだ――

ウーシューッ！

「ご苦労さん。」

最終列車の乗客を無事に頂上の駅まで送り届け、ホッと胸を撫で下ろすハリスに、駅長がわざわざ機関室の前までやって来て、声をかける。

「今日も、あと一往復だけして、残りの貨物を片付けてくれ。」

道路が使えないことで影響が出るのは、何も貨物だけではない。車という移動手段を絶たれた人々が、乗車券を手に、押し寄せる旅客列車。その後ろにつなげられる貨車など、一輌で精いっぱいだった。そのため、この当時は、日中に運び切れなかった貨物を運ぶのに、最終列車の後、もう一回、ふもとの駅と頂上の駅とを行き来することが常となっていた。

バタン！　バタン！

運ばなければならない荷物は毎日のようにあったが、それらを積み込むのに十分な数の貨車が常にこの駅の操車場に揃っているとは限らない。貨車が足りない場合には、乗客が降りて空になった客車が代用されることとなる。その積み込み作業には時間がかかるため、そういうとき、機関士の彼はわたしを一旦、機関庫へと連れていく。わたしが寒い思いをしないように――と言うと、ずいぶん過保護に思われるかもしれないが、実際、冬の冷たい外気に当たると、ボイラーの温度が下がり、余計に石炭を焚かなくてはいけなくなるので、それを防ぐ意味で。

それから、彼はわたしの車輪にブレーキをかけると、機関庫の隅まで行き、柱に備え付けられた電話の受話器を取って……。

「——もしもし。ああ、ハリスだよ。」

作業員からの呼び出しが来るまでの間、こうして、姿の見えない誰かとずっと、話をしている。しかし、そのやりとりは、仕事のそれではない。どちらかと言えば、親しい人とするおしゃべりといった感じで。こちらの光景も、この時期にだけ、目にすることのできるお約束となっていた。

「相手は、うちのおばあちゃんなんだ。」

いつだったか、彼がその毎日の日課について、教えてくれたことがある。

「おばあちゃんっていうのは、自分のお父さんやお母さんの、そのまた、お母さんのこと。つ

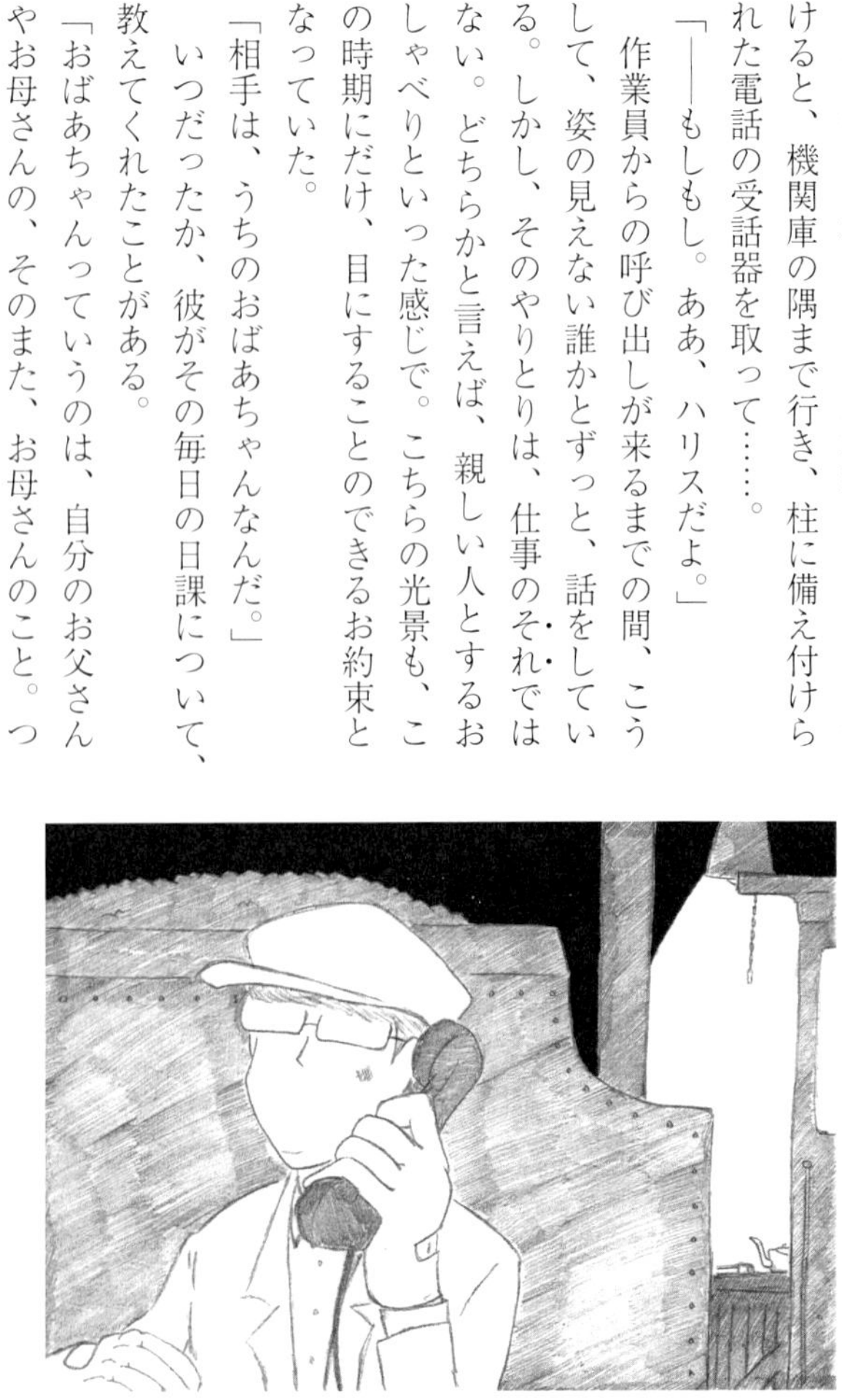

まり、親の親。家族だね。」

と、わたしの機関士は言っていた。しかし、わたしにはまず、〝親〟というものがわからない。機関車でいえば、つくってくれた人だろうか――と、これを言っていたのもハリスだが、彼と出会うまでのこと、この支線で働くようになる前のことは、以前にも少しお話ししたが、あまりよく覚えていない。当然、わたしが機関車としてこの世に生を受けたときのこと、つくってくれた人の顔など、記憶にはない。

「おばあちゃん達とは別に暮らしていてね、毎日、電話で話しているんだけれど、この時期は帰りが遅くなってしまうだろう。だから、駅長に許可をもらって、ここの電話を使わせてもらっているんだ。あまり遅い時間だと、おばあちゃん、寝てしまうかもしれないからね。」

楽しそうに、その家族のことを話す彼。もし、わたしにも親、もとい、つくってくれた人の記憶があれば、あの笑顔の意味がわかるのだろうか。

息子、娘はその子達にとって、自分が親に当たる関係の存在。兄弟姉妹は同じ親から生まれた人達のつながり。そして、おばあちゃんにおじいちゃん、もとい、祖父母と孫も、親子というつながりを介して成り立つ関係。おじおば、甥姪、いとこ、はとこだって、そう。つまり、親という存在がおぼろげなわたしに、家族というものは理解できないのかもしれない。

あれ？　でも、そういえば、今挙げていないもので、他に家族のつながり方があったような……。それだけは親とか子とか、血のつながりはなくて――ええと……。

「ハードウィック行き！　ハードウィック行き！　まもなく発車いたしまーす！」

ピリピリピリッ！

うーん、思い出せない。けれど、一度、車掌の笛が鳴らされれば、考えごとなどしている暇はない。今日も、わたしの客車は頂上の駅へ向かう人達でぎゅうぎゅう詰め。

そういえば、クリスマスというのも、家族で過ごす日と考える人が多いと聞く。今、わたしの引く客車に乗っている人達も、半分以上は普段見かけない顔ぶれである。行楽客が訪れるような季節でもないし、きっと、それはみんな、頂上の村に住む家族を訪ねて、やって来た人達であろう。

ポーッ！　ポーッ！

中間地点の駅を過ぎ、まもなく、この支線で一番の難所にさしかかる。冬になると、もれなく深い雪に見舞われるこのハードウィック山一帯。除雪車が通った後の線路はうっすらと白い結晶に覆われ、ともすれば、辺りの地面と同化して消えてしまいそう。出発時より重たく感じられる列車を後ろに抱え、この目の前の上り坂に、わたしは不

安を覚えた。
　鉄道が他の輸送機関に比べて優れている点の一つが、地面に対する粘着性が低いことである。鉄の線路に鉄の車輪という、表面がなめらかなもの同士が接することで、摩擦抵抗――二つのものが触れ合う中で、その接する面同士の間で生じる、動こうとするのを邪魔してくる力のこと――がとても小さく、同じ力でもより遠くに、あるいはより重たい積み荷を運んで、移動することができるのだ。普通に地面を歩くときと、スケート靴を履いて氷の上を進むときとを比べてもらえば、わかりやすいかもしれない。しかし、それは同時に、上り坂では必要な踏ん張りがなかなか利かず、進むのに苦労するという弱点にもなってしまう。
　ポーッ！　ポーッ！

わたしの機関士ももちろん、鉄道の持つその不安要素は承知していたので、途中の駅を過ぎた辺りから忙しそうにハンドルを操作し、わたしが力を出しやすいよう、一番よい状態をつくっておいてくれた。それまで蓄えていたたっぷりの蒸気にピストンが押され、わたしは地響きを立てながら、急勾配に向かって突進していく。

シュー ッ！　シュー ッ！

準備は万端。それでも、つるつるとしたレールに車輪を取られながら、頂上へと延びるその線路を進むのは容易ではなかった。ピストンは悲鳴をあげ、車輪もガタガタと震え出す。

しかし……。

「その調子だ。がんばれ。」

煙管を通じて、わたしにだけ聞こえてきた彼の声。その声にくじけそうな心を励まされ、わたしの車輪は少しずつ前へと回る。ゆっくりだが、力強く、足元のレールを後ろへと蹴っていく。

ウーシュー ッ！

じきに車輪の下の線路はフラットになり、わたしの視界に見慣れた建物の影が映る。小さいが、堅牢な佇まいの信号所。出入り口となる階段以外がすっかり雪に埋もれてしまっているその小屋の向こうには、同じく屋根全面を真っ白に染められた煉瓦造りの建物が——目指していたゴール、頂上の駅の駅舎だ。

「ハードウィック！　ハードウィック、到着です！　みなさーん、お降りくださーい！」

ホームには、久方ぶりにこの地を訪れたと思しき家族を出迎える村人の姿がちらほら——

ガチャ！

そんなしみじみとするような場面を尻目に、客車から切り離されたわたしを機関士の彼が機関庫へとバックさせる。

「この時期はお客さんが多くて、大変だよね。」

機関庫の中は寒風に晒されることもないし、線路も凍ってはいない。安堵からピストンと車輪を伸ばすわたしにそう言うと、彼は助手と手分けして、車体のあちこちに油をさして回る。それから、灰の溜まった煙室もきれいに掃除をして——

仕事が済むと、彼は椅子に腰かけ、かばんから魔法瓶を取り出した。そして、その中身をカップへと注ぐ。

ジャポポポポ！

カップに注がれたその琥珀色の液体から漂う香りが、わたしの鼻をくすぐる。一息

つくときや気分転換したいときの飲みものとして、紅茶を口にする人は多いと聞くが、彼もその愛飲者の一人。カップをしまう棚には、ティーポットや小洒落たラベルが貼られた茶葉の缶も飾られている。

「さて、そろそろ、行こうか。」

十時のお茶の時間、束の間のティーブレイクを終え、わたしは再び、寒空の下へと引っぱり出される。

ポーッ！　ポーッ！

朝のうちは青空に太陽が輝いており、地上に降り積もった真っ白な雪に反射して、眩しささえ覚えたのだが、次第にねずみ色の雲がその照度を奪い、気付けば、辺りには空から舞い散る白いものが――まるで、ケーキの仕上げよろしく、ふるいにかけられた粉砂糖のよう……。

そんな中、黒煙を噴き上げて進む蒸気機関車一台。煙突から立ち昇るそれと同じく、真っ黒なボディに身を包むわたしの後ろには、四輌の客車と一輌の屋根付き貨車。一列に連なるわたし達の軌路、両端にある駅以外に人の声が聞こえるような場所はない。

シュッシャ！　シュッシャ！　シュッシャ！　シュッシュッシュッ――

一面、真っ白な雪化粧を施された森の中で、わたしの煙突が奏でるブラスト音だけが辺りに響き渡る。

過ぎてしまえばあっという間だが、三時のお茶の時間、再び、機関庫に戻ってきたわたしの車輪には、この雪道の往復に付随して、疲労がしっかりと表れていた。文字で起こせば幻想的なパウダースノウも、鉄路を走る機関車にとっては、やはり、手ごわい敵だ。

ウーシューーッ！

すると、そんなわたしに気付いたのか、機関士の彼が……。

「このお茶には、リラックス効果のある茶葉も含まれている。君にも効くといいのだけれど。」

そう言って、わたしの炭水車によじ上り、水槽の蓋を開けると、手にしていた魔法瓶を傾けた。

ジャポポポポ――

ふわりといい香りが注水管を通じて、ボイラーいっぱいに広がった。

カフェイン？　テアニン？　鋼鉄製の車体でできた機関車に、そんな洗練された五感があるわけがない。ハリスの言葉による暗示か、はたまた、単なる気のせいか。ただ、ボイラー全体がそのどこか馴染み深い香りで包まれる中、自身の心が軽くなっていくように感じられたのは、確かで……。

あえぎ声をあげる煙室、いつもより重たい車輪、次の発車まで残された時間がもうわずかであることを指し示す無慈悲な時計――それらに乱され、ゆとりのなくなっていたはずの気持ちが、すぅーっと整っていく。

「……。」

そんなわたしに、彼は無言のままだったが、やがて、満足そうな笑みを浮かべ、炭水車からその身体を降ろした。

……ありがとう、ハリス。

ポーッ！　ポーッ！

心が整うと、力も湧いてくる。わたしはその目に見えない重しから解放された車体を揺らし、駅のホームへと滑り込んでいく。すると、そこには、まもなく夕刻を迎えるというのに、大勢の子ども達の姿があった。

「今日はこれから、ふもとの駅の近くにある公園に行くそうだ。そこに、大きなクリスマスツリーがあって、電飾できれいに飾り付けがされているから、それを観に行くんだって。」

　訝しげな表情を浮かべていたせいか、機関室から降りてきた彼がそっと、わたしに耳打ちする。

「だから、今夜は貨物の仕事があってもなくても、終列車の後に、ふもとの駅まで彼らを迎えに行くことになると思う。悪いけど、よろしくね。」

　そう言って、申し訳なさそうな表情を浮かべる彼。

　うーん、今日はすでに残業確定か。でも、まぁ、なんとかなる。わたしには、あなたがくれた魔法の回復アイテムがあるんだもの。

「わーい！」

「きゃーっ！」

　駅員達が乗客の案内や荷物の積み込みに忙しなく動き回る傍らで、子ども達の甲高い笑い声が響く。マフラー、毛糸の帽子、厚手のダッフルコートに身を包む彼らのそばには、母親と思しき女性達の姿もあり、騒ぐ我が子をたしなめる。

「しぃーっ！」

そうやって唇に人差し指を当てて注意する保護者の中には、襟足の長いウルフカットが印象的な男性もいた。

「ねえねえ、みんなはママと来てるのに、どうして、キミは違うの？」

見ると、その男性と手をつなぐ女の子に、すぐ隣にいた男の子が尋ねていた。

「だって、うちはママ、いないもの。」

「そうなの？　残念だなぁ。ママがいるって、いいものだよ。美味しいミートパイをつくってくれるし、寝るときは絵本を読んでくれる。それに、パジャマを柔軟剤でふかふかにしてくれるんだよ。」

「でも、うちはみんなでやってくれるよ。パパでしょ、コールおじちゃんでしょ、マヤおばちゃんでしょ、それにおねーちゃんも。」

するど、近くでずっと彼らの会話に耳を傾けていたウルフカットの男性が不意に身を屈め、彼らの顔を覗き込んだ。最初に男の子、次に女の子、そして、最後に二人を視界に入れて、

「そうだよな。家族はママだけじゃないんだぜ。ツリーを一緒に観に行く大人は誰でもいいんだ。もちろん、パジャマをふわふわにしてくれる人もな。」

そう言って、そのワイルドな口調の男性は、唇を曲げながら笑ってみせる。

「さあ、そろそろ、列車が出るぞ。行った、行った――」

ピリピリピリッ！

「出発進行！」

ポーッ！　ポーッ！

元より雪が舞い散る曇り空だったせいか、暗くなるのが早い気がする。走行中、日没を迎えた客車の窓からは、車内灯の明かりと子ども達の楽しげなはしゃぎ声が漏れていた。

……ええと、何だっけ？　確か、美味しいものをつくってくれて、身のまわりをきれいにしてくれて、お話を聞かせてくれて――ふーむ、家族というのは、そういうことをしてくれるのか。でも、それって、わたしの場合、ハリスがやってくれていることだよね？　ということは、つまり、わたしにとっては、ハリスが家族ってこと？

ふふふ、なんてね。あっ、そういえば、やっと、思い出した。唯一、親子が関係なくて、血のつながりもない赤の他人同士でもなれる家族のつながり方。それは――

ブッブゥーーーッ！

一日の終わり、まったりと昔の思い出に浸っていたわたしをディーゼルの警笛音が現在へと引き戻す。あぁ、あの頃はこの機関庫もわたし一台（ひとり）で使えていたのになぁ……。

　ウーシューッ！

　同じ屋根の下で暮らしているとしても、家族とは限らない。そして、一方で離れて暮らしていても、家族と思えば、それは家族。たとえ、血がつながっていなくても。夫とか妻とか、父親、母親、娘、息子、兄弟姉妹、祖父母に孫、おじおば甥姪いとこはとこ、たとえ、どの続柄（つづきがら）にも属さないとしても。

　あのときの男性の言葉は正しかった。家族にこれと決まったものはないということ。生まれた時点で与えられる家族、ある日を境につながりのできる家族、自分の力で新たにつくる家族――家族はいろいろだ。

「――すみません、急にこんなお願いを。」

「いいえ。お安い御用ですよ。」

　そこへ、もう帰ったはずのわたしの機関士が戻ってきた。切符売り場の彼女を連れて。

「じゃあ、これでお願いします。」

　そう言って、彼が彼女に手渡したのは、黒くて無骨なカメラ。

「撮りますよ。はい、チーズ！」

そして、お決まりの掛け声と共に、彼女がレンズを向けたのは、わたしと、わたしの前で気を付けをする彼だった。

「ありがとうございます。」

「どういたしまして。お家に飾るんですか？」

用を終えたカメラを彼へと差し出しながら、彼女が尋ねる。

「いえ、実家の家族に見せようかと思いまして。」

「ああ。明日はもうクリスマス・イブですもんね。ハリスさんはいつ、帰られるんですか？　私は今日、仕事納めで――」

そう、家族みたいに思っている彼には、本当の家族がいて、クリスマスを二日後に控えた今日日、家族の元へ帰省するのは、何もわたしの列車の乗客だけではない。

みんなが幸せな気持ちになれるはずのクリスマス。これがあるから、わたしだけはつい、憂いに満ちた感情を抱いてしまう。ところが……。

「いえ、今年はクリスマスも年末年始もこちらにいることに。代わりの機関士の都合がつかなかったそうなので。」

「そうなんですか。それは残念ですね。」

「ええ、まぁ。だから、今年は手紙を送ろうかと。今撮ってもらった写真も添えて。」

思えば、この機関車のこと、色々と話をすることはあっても、その形姿(なりかたち)を見せたことはなかったので。」

そう言って、彼が再び、お礼の言葉を述べると、色白美人の同僚は笑顔で応え、

「では、よいお年を。」

と言い残し、駅舎の方へと帰っていった。

「でも……。」

やがて、一人残されためがねの青年が不意に口を開いたかと思うと、誰に言うともつかぬ口調で、

「今年は色々あったし、こうして、君(もうひとりの家族)とクリスマスを過ごすのもいいかもね。」

と、わたしを見ながら言ったのだった。

ここには、ツリーもきれいなオーナメントもない。七面鳥も豚の丸焼きも、デコレーションされたプディングも――でも、わたしにとっては、きっと、今まで過ごしてきたクリスマスの中で一番素敵なものになるだろう。わたしもキリスト教の信仰者ではないけれど――

……ハリス、Merry Christmas(いつもありがとう) & Happy New Year(これからもよろしくね) !!

th of you

著者プロフィール

好郷 えき（こうざと えき）

1991年、東京都生まれ。

人の心を持つ機関車アビーを主人公とするシリーズにおいて、本書は『わたしは きかんしゃ』『わたしの優しい機関士』（いずれも文芸社刊）に続く３冊目となる。

今作について、「第Ｖ章で描いたハリスの電話の相手。そのモデルとなっていた祖母が本作制作中に亡くなりました。この本を天国の祖母に捧げます」と語る。

わたしの鉄道、行き交う機関車、はたらく人々

2023年12月15日　初版第１刷発行

著　者　好郷 えき
発行者　瓜谷 綱延
発行所　株式会社文芸社
〒160-0022　東京都新宿区新宿1－10－1
電話　03-5369-3060（代表）
03-5369-2299（販売）

印　刷　株式会社文芸社
製本所　株式会社MOTOMURA

ISBN978-4-286-24404-4